www.tredition.de

AF198279

Der Autor

Mitte des vergangenen Jahrhunderts in der nordhessischen Karpfenfängerstadt Hessisch-Lichtenau
zur Welt gekommen. Nach dem Abitur 1969 Studium
der Russistik, Anglistik und Politikwissenschaft in
Göttingen, Berlin und Bochum. Jobs als Bibliothekar
in der Universität Göttingen, als Taxifahrer und Gi-
tarrenlehrer. 1978 Referendariat für das Höhere Lehr-
amt in Braunschweig, Russischlehrer an Schule und
Universität, daneben freier Übersetzer. Seit 1989 in
Berlin freier Radiojournalist, Dokumentarfilmautor
und Schriftsteller. Durch langjährigen Aufenthalt in
Barcelona um die Jahrtausendwende inspiriert zur
Steinbildhauerei und Objektkunst. Seit 2013, zusammen mit seiner Frau, der Fotografin Ingrid Sturm, Arbeit an figürlichen Objekten mit High Heels
(www.das-stiletto-projekt.de).

www.paulalbertwagemann.de

Paul-Albert Wagemann

Der Schamane kommt

Schräge Storys
aus Berlin
und anderen Provinzen

www.tredition.de

© 2019 Paul-Albert Wagemann
Umschlag, Fotografie: Ingrid Sturm
Lektorat, Korrektorat: Ingrid Sturm

Verlag & Druck: tredition GmbH, Halenreie 40-44,
22359 Hamburg

ISBN
Paperback: 978-3-7497-2657-8
Hardcover: 978-3-7497-2658-5
e-Book: 978-3-7497-2659-2

Für Paul, Emma und Karl

Phantastisches

Der Schamane kommt

Wie würden wohl andere Eltern reagieren, wenn ihnen ihre Tochter mitteilte, daß sie von einem Ethnologie-Auslandsprojekt mit einem Mann im Schlepptau zurückzukommen gedenke? Und daß es sich bei diesem Mann nicht etwa um einen Kollegen, einen Doktoranden mit Aussicht auf eine Professur, sondern um einen echten Schamanen handle?

Zugegeben, Hanna und ich wußten beide nicht, was genau einen Schamanen ausmacht. Nach einer Kurzrecherche im Internet fürchteten wir, daß es eine Steigerung sein könnte zu dem, was uns unsere Tochter bisher geboten hatte. Bei ihren zurückliegenden ethnologischen Feldforschungen hatte sich Mareike, eine Zickzackbewegung von Süden nach Norden vollziehend, in einen Amazonas-Indianer-Häuptling, einen Massai-Löwentöter und einen Tuareg-Kamelhändler verliebt. Der Unterschied war dieses Mal, daß sie uns nicht Fotos von vergangenen Amouren zeigen, sondern ihren Liebhaber in Person aus einem sibirischen Randgebiet fernab der Zivilisation mit nach Berlin bringen würde. Und das konnte bei ihrer chronischen Mittelknappheit nichts anderes bedeuten, als daß sie zunächst zusammen mit ihrem Schamanen wieder bei uns wohnen müßte.

Die Abbildungen im Internet waren faszinierend bis erschreckend.

„Hauptsache, er hat nicht eine durchstoßene Nasenscheidewand mit so Knochen drin wie der Amazonas-Häuptling", meinte Hanna.

Bis zu Mareikes Ankunft blieb uns noch eine Woche. Hanna schlug einen runden Tisch vor, was bei zwei Personen nicht ganz einfach ist. Wir versuchten es trotzdem. An einem dieser kleinen runden Marmortische bei unserem Italiener um die Ecke hielten wir eine Krisensitzung ab. Ich schlug vor, mit Hilfe einer Mindmap unsere Möglichkeiten auszuloten.

„Na, dann schreib mal auf", sagte Hanna, die meine Vorliebe für die in Mode gekommenen Grafiken gerne belächelte: „Kanarische Inseln, Hotel am Stadtrand, schwere und ansteckende Krankheit..."

Ich schrieb in die Mitte: „Der Schamane kommt", zog meine runden Kreise und trug ein, was mir Hanna sagte. Als weitere Möglichkeiten setzte ich hinzu: Unbekannt verzogen. Telefon abmelden. Durchgreifen.

„Was meinst du mit Durchgreifen?" Hanna sah mich argwöhnisch an.

„Durchgreifen halt, sich nicht mehr alles bieten lassen, Schluß mit der Scheißliberalität. Du siehst ja, wohin uns unser Verständnis gebracht hat."

„Das hat nichts mit unserem Verständnis zu tun, es liegt an unserer Zeit", protestierte Hanna. „Das ist die Globalisierung. Die Liebe ist heute grenzenlos."

„Anstatt sich in der ganzen Welt herumzutreiben, hätte sie lieber die Ethnien Berlins studieren sollen. In manchen Bezirken gibt es mehr unbekannte Völker als in Transsibirien."

„Nun wirst du aber unsachlich", sagte Hanna.

„Die Liebe mag hinfallen, wo sie will, wenn ich es nicht am Ende bezahlen muß", sagte ich. „Irgendwann muß mal Schluß sein mit der Abhängigkeit."

„Gehen wir doch mal alles durch", sagte Hanna.

Das Fazit war ernüchternd.

Drei Monate Kanarische Inseln konnten wir uns natürlich überhaupt nicht leisten, eine Billigpension am Stadtrand ließ mein Stolz nicht zu, das Telefon abzumelden, wäre ein Eigentor.

Hanna neigte zum Pragmatismus, was wie immer nichts anderes als nachgeben bedeuten konnte: „Laß sie doch erstmal kommen, dann sehen wir weiter. Vielleicht ist der Schamane ja sozialhilfeberechtigt oder bekommt politisches Asyl. Mareike kennt sich mit so was aus. Die hat immer irgendwie sozialnah gearbeitet."

Vielleicht benutzt er sie auch nur als Stullendampfer und hat ganz andere Pläne, dachte ich.

Schließlich machten wir das, was nicht in meiner Mindmap stand: Standhalten, statt zu flüchten. Wir räumten unser Multifunktionszimmer, in dem Mareikes Sachen sich bis unter die Decke türmten, so gut es ging auf, brachten das unserer Meinung nach Überflüssige in den Keller, liehen einen breiten Futon von Freunden und harrten der Dinge, die da kommen sollten.

Natürlich arbeitete das Thema in mir weiter, ich konnte nichts dagegen tun. Was konnte so einen

Schamanen veranlassen, auch wenn man in Rechnung stellt, daß die Liebe eine große, treibende wie ziehende Kraft ist, sein Land, seinen Stamm zu verlassen? Gehen den Schamanen zu Hause die Kunden aus, hat sich ein weiteres Volk dieser Erde auf den Weg nach Westen gemacht? Oder geht es dem Schamanismus am Ende wie der Kunst, die bekanntlich nach Brot geht? Und welche Überlebenschancen hat so ein Schamane in einer Großstadt wie Berlin? Wenn er nicht ständig an Mareikes Seite bleibt, wird er schon bald vom nächstbesten radfahrenden Hochgeschwindigkeitspsychopathen in den Asphalt genietet, er wird, einmal in die Ringbahn geraten, ewig im Kreise fahrend, verrückt werden und frühzeitig in die ewigen Jagdgründe zurückkehren.

„Wir sollten uns nicht zu viele Gedanken machen", sagte Hanna, die mein Mienenspiel mal wieder richtig deutete, „wir sollten auf dem Teppich bleiben."

„Apropos Teppich", fügte sie hinzu, „wir müssen doch so etwas wie ein Empfangsessen bieten, und wie sollen wir sitzen? Der Schamane hat womöglich noch nie an einem Tisch gesessen. Ich glaube, wir sollten unserem Gast entgegenkommen. Wir können den Tisch entfernen und auf dem Teppich essen. Was das Essen angeht, ich habe mit Evelyn telefoniert, die ist Ernährungsexpertin. Sie hat mir geraten, in einen Laden mit makrobiotischen Produkten zu gehen. Hirsebrei, Bohnen, Reis, getrocknete Pilze, Algen, eine große Auswahl an rohem Fisch, alkoholfreies Bier, naturtrübe Säfte, Sesamgebäck. Zum Nachtisch

Tundra-Moosbeeren mit Schneeziegenkäse von einem asiatischen Lebensmittelhändler."

Hanna steigerte sich in die Sache hinein, wurde immer begeisterter, ich immer schweigsamer, aus Mangel an Alternativen fügte ich mich.

Die Vorbereitungen waren fast abgeschlossen, Hanna hatte im Wohnzimmer sogar die Decke abgehängt mit einem Hirtentuch, damit der Eindruck von einem Zelt entstünde, Kerzen waren überall aufgestellt, Räucherstäbchen warteten auf den Moment des Angezündet-Werdens, dann erreichte uns die Nachricht: „Ankunft verspätet sich auf unbestimmte Zeit wegen Notlandung hinter dem Ural."

„Ich hoffe, sie sind nicht mit einem Flugzeug dieser mittelasiatischen Airlines unterwegs", seufzte Hanna, „die haben eine Pannenwahrscheinlichkeit von über fünfzig Prozent."

Wir beschlossen, das Abendessen mit Freunden zu zelebrieren, um die kostbaren Lebensmittel nicht verderben zu lassen. Dafür kamen natürlich nur wenige Bekannte in Frage, die meisten hatten Knie- oder Rückenprobleme und fielen schon deshalb aus. Unsere Wahl fiel auf Evelyn und Harry. Logischerweise. Sie war eben jene Ernährungsexpertin und Reinkarnationstherapeutin, von der wir den Tip mit den makrobiotischen Lebensmitteln bekommen hatten. Harry arbeitete als Anlageberater für Esoterikunternehmen und nebenberuflich als Börsen-Astrologe. Evelyn brachte uns ein Gastgeschenk mit dem Titel: „Der Schamanismus als Chance".

Für wen oder was soll das bloß eine Chance sein, dachte ich.

Unsere Gäste waren ebenso hingerissen von unserer Dekoration wie neugierig, was es mit unserem zukünftigen Schwiegersohn auf sich hatte. Von Räucherstäbchen eingenebelt und mit einem Algencocktail in der Hand, landeten wir sogleich beim Thema. Auch Harry schien recherchiert zu haben: „Ihr seid Glückspilze! Wißt Ihr, daß es in Berlin noch keinen niedergelassenen Schamanen gibt? Damit hätte euer Schamanen-Schwiegersohn in spe ein exzellentes Alleinstellungsmerkmal!"

„Wie meinst du das?"

Harry lachte. „Der könnte hier richtig gut Geld machen, absahnen!"

„Ohne Arbeitserlaubnis?"

„Weißt Du, wie viele tausend Menschen in Berlin ohne Arbeitserlaubnis schuften? Er kann hier bei Euch in diesem gemütlichen Zimmer arbeiten, zumindest am Anfang, bis er genug Geld hat für eine eigene Praxis."

O Gott, dachte ich, wenn der anfängt, hier in unserer Wohnung Rituale zu zelebrieren, kriegen wir Ärger mit dem Ordnungsamt.

Evelyn sah uns offenbar schon als Schamanen-Familienbetrieb:

„Ich kann euch gerne ein paar Klienten verschaffen, es gibt immer wieder Fälle, wo ich nicht weiterkomme. Da sind Synergien möglich. Ich habe da zum Beispiel eine Frau, die glaubt, ihr Mann wäre ihr Hund. Bisher bin ich da nicht richtig durchgestiegen, doch ich kann mir vorstellen, daß so ein Schamane da durchblickt. Die können ja in Trance mit Tieren auf einer höheren Ebene Kontakt aufnehmen."

Auf einmal klopfte es.

„Du, das klopft am Fenster!", sagte Hanna.

„Wer soll denn hier ans Fenster klopfen? Wir wohnen im fünften Stock!"

Doch da ertönte es wieder: Klack, klack, so als schlüge jemand leicht gegen die Scheibe.

„Was soll der Quatsch!", rief ich und riß das Fenster auf.

Obwohl es Sommer war, drückte ein kalter Zug herein, und es ertönte eine zarte Stimme: „Nicht erschrecken, wir sind's!"

Das war Mareikes Stimme! Sie klang höher als sonst, aber es war deutlich ihre Stimme.

„Mareike, bist du das? Wo bist du?", rief Hanna.

„Ich bin hier bei euch im Wohnzimmer, und Enak ist auch da!"

„Wo denn? Wo denn? Ich sehe nichts!"

„Kannst du auch nicht. Es ist nur unser Geist. Unsere Körper kommen nach. Der Pilot wollte uns drei Tage lang nicht aussteigen lassen, da hat mein Freund Enak Gebrauch gemacht von seiner Magie." Es ertönten gutturale Laute. Das war wohl seine Stimme. So hatte ich mir unsere erste Begegnung nicht vorgestellt.

„Das ist ja phantastisch", rief Harry aus. „Das ist ganz große Klasse, genau solche Leute brauchen wir hier. Leute mit übernatürlichen Fähigkeiten, die uns helfen, unser Berlin aus dem Schlamassel zu ziehen! Herzlich willkommen in der Hauptstadt!"

Der grüne Mensch von Kassel

Keine Ahnung, warum sie mich ausgewählt hatten. Werbetexter gab es viele. Vielleicht, weil ich nebenbei auch Sachbücher geschrieben hatte mit hohen Auflagen, vielleicht, weil die Chinesen meine Idee realisiert hatten, den Transrapid von Berlin an die Ostsee fahren zu lassen, oder weil meine Vorfahren aus Nordhessen stammten? Vielleicht war sonst niemand bereit gewesen, für diesen Auftrag drei bis vier Monate nach Kassel zu gehen. Vier Monate Kassel, der Hauptstadt von Hessisch-Sibirien, Zentrum einer ausgebluteten Region, wo es mehr Waschbären geben sollte als Menschen.

Was man von Nordhessen zu hören oder zu lesen bekam, war meist negativ: Aussterbende Gemeinden, Überalterung, immer härtere und längere Winter, Arbeitslosigkeit, pleite gegangene und abziehende Firmen, und Kassel selbst – wohl eine Art großes Altenheim, so stellte ich es mir vor. Selbst die Documenta war schon lange weitergezogen. Sie fand nun in Dubai statt.

Ins Gespräch war Nordhessen gekommen, als chinesische Investoren, die bereits das entvölkerte Mecklenburg auf 99 Jahre gepachtet hatten, ihr Interesse an der Region bekundeten. Die Chinesen wollten ähnlich dem 1898 von Kaiser Wilhelm II. mit dem Chinesischen Kaiser geschlossenen Tsingtao Pachtvertrag Nordhessen in den Grenzen von 1798 mit Ausnahme der Region Hanau pachten. Während es in Mecklenburg kein Volk mehr gegeben hatte, das hätte abstimmen können, scheiterte dieses Vorhaben in Nordhessen an einem Volksentscheid. Die Kasseler, Kasselaner und allerletzten Kasseläner waren vehement dagegen gewesen.

Nun sollte es einen Neuanfang geben mit einem innovativen Produkt, eine Art Rollback gegen den endgültigen Niedergang, und ich sollte dabei helfen. Gegen gutes Geld, versteht sich.

Der Flug von Berlin nach Kassel war kurz, die Maschine erstaunlich voll. Es war erst Anfang Oktober, doch auf dem Meißner, dessen Sendemasten ich aus dem Bullauge unschwer erkennen konnte, lag schon Schnee. Der Flughafen Kassel-Calden war ausgebaut, sogar mit einer Landebahn für Großraummaschinen, und hatte, wie der elektronische Flugbegleiter darüber hinaus informierte, eine beheizbare Landebahn. Kassel, so schien es, setzte nun aufs Ganze.

Ich wurde abgeholt. Es gab zwei Ausgänge. Über dem einen stand: Transfer Fridericianum, an dem anderen wartete eine junge Dame mit einem Schild in der Hand, auf dem Mr. Dotzhauer stand. Sie trug eine Pelzmütze mit einem Waschbärenschwanz, wie man sie von Fallenstellern aus Kanada und Sibirien kannte.

„Ich bin Ellen", sagte sie. „Vom Kasseler Institut für innovativen Schlaf. Herzlich willkommen in der nordhessischen Hauptstadt! Wenn Sie einverstanden sind, fahren wir erst zu unserem Info-Center auf dem Friedrichsplatz, dann zeige ich Ihnen Ihre Wohnung."

Ich war einverstanden, vor allem neugierig. Sie brachte mich zu einem Auto, auf dem ein Logo ihres Instituts mit einem zusammengerollten Waschbären zu sehen war.

„Sie werben mit dem Waschbären?"

„Ohne ihn wären wir vielleicht nicht da, wo wir heute sind", sagte sie, ohne das näher zu erklären.

Während wir langsam durch die schwach befahrenen Straßen über eine schöne, im Herbstlaub stehende Eichenallee nach Kassel hineinglitten, erfuhr ich von meiner Begleiterin einiges über den Unterschied des Winterschlafs von Groß- und Kleinbären, nebenbei verwies sie auf Sehenswürdigkeiten.

Ich fragte sie nach dem Zusammenhang zwischen Waschbär und innovativer Schlafforschung, und so erfuhr ich ihre Geschichte.

„Wir wohnten in der Nähe von Schloß Wilhelmshöhe", fing sie an, „da waren wir immer von Waschbären umgeben. Und meine Mutter war Biologin, sie hat sich beruflich für die Tiere interessiert. Zum Schluß gelang es ihr, das Genom für den Scheinwinterschlaf der Waschbären zu entschlüsseln, die bei uns wochenlang in der Nähe unseres Hauses ruhten."

Offensichtlich war Ellen in ihrem Element.

„Und Sie selber, was haben Sie persönlich mit dem Thema zu tun?"

„Das Interesse für Biologie liegt bei uns sozusagen in den Genen. Meine Mutter hat mich auf diese Fährte gesetzt. Ich bin aber weitergegangen und habe dann die Winterruhe beim Waschbären mit der Kältestarre beim Dsungarischen Steppenhamster verglichen. Das Hochinteressante ist nun, daß der Steppenhamster dabei nicht altert. Die Telomere, die Schutzkappen am Ende der Chromosomen, erneuern sich bei ihm, wenn er bei Kälte erstarrt."

„Was hat das mit Kassel und meinem Auftrag zu tun?"

„Es ist uns jetzt am Kasseler Institut für innovativen Schlaf gelungen, diese Erkenntnisse beim Menschen anzuwenden. Wissen Sie, was das bedeutet?"

„Wenn man aufwacht, ist man jünger als vorher, oder?"

„Indirekt ja. Man hat drei Monate geschlafen, ist aber nicht gealtert."

„Ein starkes Argument", sagte ich, „denn je länger man schläft..."

„Unser Winterschlafkonzept wird Zukunft haben", fuhr sie fort. „Und wir in Kassel sind da ganz vorn. Es ist ja auch ökologisch zwingend. Ich will Ihnen jetzt nichts vorrechnen, aber ein Mensch, der monatelang bei niedrigen Temperaturen ruht, nichts konsumiert, nichts ißt, nichts trinkt, nichts ausscheidet, seine Gesundheit dabei behält, nicht altert – was glauben Sie, was der für eine fantastische Kohlendioxyd-, um nicht zu sagen Ökobilanz hat?"

„Das ist beinahe der ideale grüne Mensch", sagte ich.

Wir waren unterdessen im Zentrum angekommen, Ellen fuhr in ein riesiges unterirdisches Parkhaus.

„Wenn es Ihnen recht ist, nehmen wir einen Kaffee im Info-Café, dann machen wir einen Rundgang durch unsere Schaustelle."

Ich war seit meiner Kindheit nicht mehr in Kassel gewesen, aber ich konnte mich noch an den großen Friedrichsplatz erinnern. Als Info-Center hatte ich mir einen Containerpavillon vorgestellt. Doch das, was sich da in der Mitte des Friedrichsplatzes erhob, war ein gläserner, sechseckiger Turm mit mehreren Stockwerken.

Im Foyer entschuldigte sich meine Begleiterin, sie müsse noch Unterlagen zum Gespräch holen, und schickte mich mit dem Aufzug zur obersten Etage. Als sich die Aufzugtür öffnete, bot sich mir ein herrlicher Blick auf den Wald, die Altstadt und das Fridericianum. Nicht weit vom Glasturm befand sich ein Rondell aus Feldsteinen.

Das Café war gut besucht, das Publikum war wider Erwarten erstaunlich jung. Ich suchte mir einen Fensterplatz und ließ meinen Blick schweifen, er blieb an dem Rondell hängen. Vor meinem inneren Auge sah ich eine Zeremonie, doch wurde ich von Ellen unterbrochen, die mich nicht lange warten ließ. Sie legte ihre Mütze mit dem Waschbärenschwanz nebst einer Mappe auf den Tisch. Wir bestellten Kaffee, sie empfahl mir Waschbärtorte.

„Waschbärtorte?", sagte ich. „Ich bin Vegetarier."

„Es ist eine Creme-Schichttorte", erklärte Ellen, „der Struktur des Waschbärenschwanzes nachempfunden", dabei strich sie über ihre Pelzmütze.

„Da haben Sie aber ein schönes Totem."

„Totem?" Ellen schaute mich fragend an.

„Na ja", sagte ich, „als ich hier allein saß, fiel mir das steinerne Rondell auf. Ein idealer Ort, um ein Ritual zu zelebrieren."

„Das klingt ja interessant", sagte Ellen, dann öffnete sie die Mappe und ließ mich eine Geheimhaltungserklärung unterschreiben. Dabei erklärte sie mir, wie man den Winterschlafimpuls beim Menschen auslösen und ihn kontrolliert steuern und begleiten könne. Erst in ferner Zukunft sei es vielleicht möglich, daß jeder Mensch seinen Schlaf zu Hause halten könne. Vorläufig müsse man die Menschen noch in großen Schlafräumen kameraüberwacht begleiten.

„In großen Schlafräumen? Sagen Sie, an wie viele Menschen denken Sie?"

„Wir denken global, wir sehen, daß sich die Chinesen derzeit in Mecklenburg stark ausbreiten. Kassel ist ein idealer Standort. In unserer Region stehen Fabrikgebäude leer, Kasernen, Turnhallen, Feuerwehrgebäude, Schulen, Krankenhäuser, ja ganze Städte. Kommen Sie, gehen wir zur Schaustelle."

Sie zahlte und ging voraus. Vom Turm lenkte sie ihre Schritte in Richtung Fridericianum. Wir passierten eine Ausweiskontrolle, dann eine Hygieneschranke, wo wir automatisch desinfiziert wurden und die Körpertemperatur gemessen wurde. Meine Daten erschienen auf einem Monitor, Gewicht, Größe, Puls, Körpertemperatur. Fieber hatte ich nicht, ich war aber aufgeregt.

Ein junger Mann lächelte und drückte auf einen Knopf. Eine Tür ging auf. Es herrschte ein bläuliches Dämmerlicht. Ich sah erst einmal nicht viel. Zu erkennen war, dass man das Innere des Gebäudes komplett entkernt zu haben schien. Zwischen hohen Glaswänden verliefen schmale Gänge. Rechts und links sah man Sechser-Kojen-Verbände, die sich im Zeitlupentempo wie an einem Spieß drehten.

„Liegt man auf Waschbärfellen?", fragte ich.

„Nein, auf Kunstfellen."

„Wie viele Menschen schlafen hier?"

„Das Fridericianum ist ausgelastet. Es sind Hunderte. Sie haben sich freiwillig als Testpersonen gemeldet. Leute ohne Wohnung, feste Arbeit, Studenten, Rentner, Neugierige, alles im Prinzip. Sie brauchen übrigens nicht zu flüstern. Hier ist alles schallisoliert."

„Kann man die Menschen sehen?"

„Ja, aber nur über eine Kamera. Kommen Sie, gehen wir in den Kontrollraum."

Wir liefen langsam durch das, was ein Hauptgang zu sein schien: Rechts und links, über und unter uns drehten sich äußerst langsam Kojen im bläulichen Licht. Eine Installation, dachte ich, die Chancen bei der Documenta gehabt hätte.

„Da sind wir", sagte Ellen.

Sie drückte einen Nummerncode, und wir betraten den Kontrollraum. Ich war einmal in Berlin in der zentralen Verkehrsleitstelle der Polizei gewesen, doch dieser Kontrollraum hier war gigantisch. Er schien nur aus Monitoren zu bestehen. Auf einem sah man den Menschen in seiner Koje, auf den beiden anderen waren Tabellen, offensichtlich mit den jeweils aktuellen Messwerten, zu sehen. Davor saßen junge Menschen, die Vorgänge auf den Monitoren beobachtend. An einem der Monitore blieb mein Blick hängen.

„Was ist, Herr Dotzhauer?"

„Nichts, ich dachte, ich kenne jemanden. Er sieht einem abgetauchten Verleger ähnlich, der mir ein Honorar schuldet. Wie heißt der Mann?"

„Tut mir leid. Datenschutz."

„Und was ist, wenn man während des Winterschlafs stirbt?"

„Diese Frage wird uns natürlich besonders häufig von älteren Menschen gestellt. Wir können auch nicht ausschließen, daß sich jemand mit dieser stillen Hoffnung bei uns anmeldet, denn für immer einzuschlafen, das ist sicher eine Wunschvorstellung von vielen. Erstens, wir kontrollieren ja den Schlaf, jede Veränderung sehen wir am Monitor. Außerdem haben wir eine Winterschlafverfügung entwickelt, da kann jeder detailliert bestimmen, wann und unter welchen Umständen er notfalls geweckt werden möchte und wann nicht. – Herr Dotzhauer, hätten Sie nicht auch Lust, sich für den Winterschlaf anzumelden? Sie könnten dann noch fundierter über das Projekt schreiben!"

Ich war auf alles Mögliche vorbereitet, auf viel Arbeit, auf einsame Abende in einem Kasseler Appartement, aber nicht auf einen totalen Blackout von drei Monaten.

„Na ja, Sie haben erst einmal einen ersten Eindruck. Sie können darüber noch nachdenken. Es ist Zeit, Ihnen Ihr Appartement zu zeigen."

Als wir das Fridericianum verließen, dämmerte es.

Eine Frage mußte ich noch loswerden, sie ging mir nicht mehr aus dem Kopf: „Ich hatte mir Kassel viel älter vorgestellt. Aber bisher habe ich nur junge Leute gesehen."

„Die Alten sind alle im Winterschlaf."

Ellen lachte, und schaute mich an, als wolle sie mein Alter taxieren.

„Und wer zahlt das alles?"

Dabei dachte ich an das Riesenhonorar, das sie mir angeboten hatte.

„Wir werden unterstützt von der WHO, von der UNO, von der UNESCO, der Weltbank und dem IWF. Die Welt hat ein Interesse an Winterschlaf, es ist die Möglichkeit, den Verbrauch zu reduzieren und das Klima zu schützen. Und wir stehen unmittelbar vor der kommerziellen Phase."

„Ich hätte da schon eine Idee", sagte ich. „Sie laden ein zu einer großen Winterschlafparty hier auf dem Friedrichsplatz, an deren Ende ein Schamane das Einschlafritual um einen Waschbär-Totem-Pfahl herum zelebriert."

„Sehr gute Idee", rief Ellen aus. „Jetzt fehlt uns dazu nur noch ein Slogan."

„Kein Problem", sagte ich: „Winterschlaf in Kassel zum Sensationspreis – Schamanen-Ritual inklusive."

Der Zauberberg von Tempelhof

Die Geschichte vom Berliner Zauberberg und seinen fliegenden Teppichen war bereits bis an unser Paläontologisches Institut in Somerville, Massachusetts, vorgedrungen, als ehemalige Kollegen der Freien Universität Berlin mir eine als dringend markierte Mail schickten mit der Frage, ob ich als Experte für Geo-Paläontologie nicht nach Berlin kommen könne, um bei der Ursachenforschung dieses außergewöhnlichen tektonischen Phänomens Unterstützung zu leisten:

Seit geraumer Zeit erhob sich auf dem Gelände des ehemaligen Tempelhofer Flughafens im Zyklus der Mondentwicklung ein Berg, der bei Mondfinsternis wieder abnahm, um dann erneut anzuwachsen. Wohl in unmittelbarem Zusammenhang damit stand das Rätsel der fliegenden Teppiche, die bei Vollmond über dieser im Volksmund Zauberberg genannten Erhebung schwebten und die angeblich auch touristisch genutzt wurden.

Also machte ich mich frei, um mit meiner Frau Rebecca, die früher lange in Berlin gelebt hatte, den Ozean zu überqueren. Als Märchenforscherin mit Schwerpunkt Orientalistik war sie besonders begierig, die fliegenden Teppiche zu sehen, wenn möglich, auch darauf zu fliegen.

Als wir die Reise buchen wollten, stellten wir fest, daß es bis auf weiteres keine Direktflüge nach Berlin gab. Nicht nur von Washington oder New York aus,

sondern von nirgendwo auf der Welt. Der neue Großflughafen habe geschlossen werden müssen, mehr
war von den Airlines nicht zu erfahren. Die Schlie-
ßung schien jedoch im Zusammenhang zu stehen mit
den unterirdischen Bewegungen des Zauberbergs,
dessen Aktivitäten bis nach Schönefeld ausstrahlten.

In den mir zugesandten Unterlagen gab es unterschiedliche in den Berliner Medien gehandelte Erklä-
rungsversuche, die uns teilweise sehr amüsierten, die
jedoch keine Aussicht auf Abhilfe boten.

Eine dieser Erklärungen führte die zyklische Erhebung des Geländes zurück auf eine esoterische Trommelaktion. Diese hatten Tausende von Trommlern in
einer Vollmondnacht auf dem Tempelhofer Flugfeld
durchgeführt, angeblich, um Erd- und Luftgeister zu
beschwören. Man hatte von diesen ein Zeichen über
die Verwendung des alten Flughafens erwartet. Die
Anhänger dieser Theorie sahen sich durch die Berg-
erhebungen in ihrer umstrittenen Auffassung be-
stärkt, das Tempelhofer Feld unbebaut zu lassen.
Eine wissenschaftlich interessantere Theorie schätzte
die Erdbewegungen als Reaktion auf die Schwingun-
gen der von eben diesen Tausenden von Trommeln
erzeugten Schallwellen ein, die tief liegende tektoni-
sche Spannungen ausgelöst hätten.

Dann gab es natürlich den politischen Witz, der in
der Erhebung des Berges das Symbol der von der
Berliner Politik unter den Teppich gekehrten Prob-
leme sah und die verspätete Rache für umstrittene
Entscheidungen und Versprechen, die sich als reine
Märchen entpuppt hatten.

Was die fliegenden Teppiche anging, so galt als gesicherte Erkenntnis, daß sie das entschärfte Abfallprodukt der militärischen Forschung des Iran waren, die vergeblich nach einer eigenen islamischen Antwort auf die vom Pentagon entwickelten Drohnen gesucht und auf die Idee mit Bombenteppichen gekommen waren. In Berlin hatte man sie nun offenbar zu touristischen Zwecken umfunktioniert.

Es hatte diverse Versuche gegeben, den Berg zu beseitigen. In einer kollektiven Anstrengung der Städtischen Reinigungsbetriebe, des Technischen Hilfswerks sowie des Militärs und von Freiwilligen, die den Geist der historischen Trümmerfrauen beschworen, war man dem Berg zu Leibe gerückt, nur um nach vier Wochen festzustellen, dass die Bemühungen umsonst gewesen waren.

Der Berliner Senat bereitete uns einen herzlichen Empfang. Man brachte uns in einem efeuumrankten Gästehaus der Universität in Dahlem unter und spendierte uns eine individuelle Stadtrundfahrt durch das neue Berlin im Taxi mit einem versierten Historiker.

Wir konnten es kaum erwarten, die Vollmondnacht zu erleben. Vor allem Rebecca war begierig darauf, denn sie hatte sich viele Jahre literaturtheoretisch mit fliegenden Teppichen, Pantoffeln und Zauberumhängen beschäftigt.

Es war eine herrliche wolkenlose Sommernacht Ende August. Noch vor Einbruch der Dunkelheit begaben wir uns zur U-Bahn, um rechtzeitig zum Mondaufgang vor Ort zu sein. Rebecca schaute abwechselnd auf ihren digitalen Stadtplan und in die

Tempelhof-Broschüre, ich setzte mir die Kopfhörer des Audio-Guide auf und lauschte:

Auf unserer Tour durch das magische Berlin kommen wir jetzt zur U-Bahn-Station Platz der Luftbrücke. Der Tempelhofer Zauberberg mit seiner vegetationslosen Oberfläche und an eine Mondhalde erinnernden Gestalt gilt als eines der neuen Weltwunder. Aufgrund seiner relativen Instabilität kann er nicht erwandert werden. Man kann ihn jedoch anstrengungslos und sicher auf fliegenden Teppichen bei Vollmond umfliegen. Diese Kelims werden in Berlin von den Mulahüzin aus dem anatolischen Konya verkauft. Mit seinen bis zu 65 Metern stellt der Zauberberg bei Vollmond die höchste Erhebung des Bezirks dar.

„Hier", sagte ich zu Rebecca, und reichte ihr die Kopfhörer: „Hör mal rein."

Da erklang bereits die Durchsage: Nächster Halt – Platz der Luftbrücke.

„Den südlichen Ausgang, da, siehst du das Schild To the Mountain?", sagte ich. Und dann standen wir auf dem Vorplatz des ehemaligen Flugfeldes. Als wir uns dem seitlich gelegenen Eingang näherten, sahen wir ihn: Der Berg stieg im Osten flach an wie eine Welle, um sich dann zur Mitte des alten Flugfelds zu seinem Höhepunkt aufzutürmen. Nach Westen hin besaß er eine Abrißkante, so als wäre eine Welle in ihrer Bewegung vor dem Umkippen erstarrt.

„Wow!", sagte Rebecca. „Sieht er nicht aus wie eine gewaltige Schanze? Da, schau, da kommt gleich der Mond."

Ein junger Mann sprach uns an: „Hallo, Leute, heute, nur heute Nacht, Vollmondnacht, fliegende Teppische, halbe Stunde 10 Euro, eine Stunde 15 Euro, drei Stunden 20 Euro, isch mache gute Preis für eusch."

Als ich in etwas skeptischem Ton fragte: „Funktioniert das wirklich?", schien der junge Mann beleidigt.

„Eschte fliegende Teppische aus Konya, bis 160 Kilo zwei Personen. Fliegt voll gut mit Mondenergie."

„Wir haben keine Ahnung, wie man so einen Teppich fliegt", sagte Rebecca.

„Kein Problem, eschte Konya-Teppische für Deutschland mit vollautomatische Navi. Und, schau mal, hier: Sischerheitsgutte und Airbag unten."

„Nehmen wir an, wir kommen rauf, aber kommen wir auch wirklich wieder runter?", löcherte ich den Teppichvermieter weiter.

„Was denkst du, Mann, das sind Hightecteppische! Navi ist programmiert, direkt vor meine Füße. Sonst würden mir die Leute sonst wohin abhauen mit den Teppischen. Ischwöre."

„Und wenn es Probleme gibt?"

„Nix Probleme! Ischwöre. Teppische stehen unter dem Schutz von Allah. Allah fliegt mit Eusch. Die Route, die Ihr fliegt, ist im Navi programmiert. Aber nach einer Stunde fliegt der Teppich automatisch zu mir. Allah schükür!"

„Laß es uns probieren", sagte Rebecca. „Es war schon immer mein Traum."

Wir zahlten im Voraus. An verschiedenen Stellen im Feld standen kleine Rampen, auf denen Teppichstapel lagen. Unser Verkäufer führte uns zu seiner Startrampe und zog eine Decke ab von einem Teppich, der etwa dreimal einen Meter maß und recht dick war. Er glitzerte von allen Seiten. Ich schaute den Vermieter fragend an.

„Das sind die Lunarzellen. Ohne fliegt er nicht."

„Hier, setzt Eusch, schnallt Eusch an. Gleich ist der Mond voll am Himmel, dann geht's los. Isch zähle bis drei."

„Bir, iki, ütsch, Allah ist groß!"

„Halt dich fest, Rebecca."

Das war gar nicht nötig. Der Teppich gewann langsam, wie von unsichtbaren Kräften gezogen, an Höhe.

Der Mond war nun voll aufgezogen, hing wie ein dunkelgelber Luftballon über dem Rist des Berges, verharrte scheinbar, um unaufhaltsam in den Himmel zu steigen. Wir schwiegen und schauten und schwebten.

„Schau mal da, der Fernsehturm! Und die schönen Minarette da rechts, die gab es früher nicht."

Langsam glitt unser Teppich dahin, zog einen Kreis über dem Berg, der sich über das gesamte riesige Flugfeld erstreckte. Irgendwo gen Norden leuchtete es wie bengalische Feuer.

„Was für ein Glück wir haben!"

„Ja", sagte ich, „hier hast du dein Märchen."

Wir blickten auf das nächtliche, von Millionen Lichtern illuminierte Berlin. Hinter uns stiegen weitere fliegende Teppiche auf.

„Verrückt, oder, Rebecca?"

„Wieso, wenn man bedenkt, daß wir in einer Alublechhülle über den Atlantik geflogen sind, in einer Zeitreisemaschine."

„Und das hier wird sich sicher aufklären lassen, oder?"

„Bestimmt", sagte ich, „wir werden den Teppich kaufen und nach Somerville mitnehmen. Vielleicht interessiert sich das Pentagon dafür."

Da fing der Teppich an zu sinken.

„In den Geschichten aus 1001 Nacht sind die fliegenden Teppiche meist persischer, nicht türkischer Machart", sagte Rebecca, als käme ihr plötzlich ein Zweifel.

„Die Zeit ist wahrscheinlich um", sagte ich. „Wie es aussieht, will der Teppich zu seinem Besitzer zurück."

„Meinst du? Wir sind noch keine Stunde oben."

„Du, schau mal da, die Wolke!"

In unserer Begeisterung hatten wir eine Wolke übersehen, deren dünne erste Schleier sich vor den Mond schoben.

„Stürzen wir jetzt ab?"

„Glaube ich nicht, die Berliner Kollegen haben gesagt, es sei sicher. Außerdem, wir haben Airbags, da kann eigentlich nichts schiefgehen."

Wir beobachteten die anderen Teppiche, sie schienen ebenfalls leicht zu sinken, ein Beweis für mich, daß die Teppiche mit Mondenergie flogen und nicht mit Magie.

Da kam mir eine Idee: Konnte es die Mondenergie mit ihrem Kraftfeld sein, die in möglicherweise unter dem Tempelhofer Flughafengelände liegenden Kavernen fossile Wassermassen in Bewegung setzte? Ein Phänomen, das man von den Gezeiten kannte, das aber bei fossilen Wassereinschlüssen bisher noch nicht beobachtet werden konnte. Bekanntlich lag Berlin im Gebiet des ehemaligen Zechsteinmeers und direkt über einem Urstromtal. Dann würde es sich um ein durch die Mondenergie bewegtes hydrostatisches Gleitlager handeln. Und welche Rolle könnte die Trommelaktion dabei gespielt haben?

Meine Gedankengänge wurden von Rebecca unterbrochen, die erregt rief:

„Jetzt geht es aber schnell abwärts! Wir hätten besser vorher das Wetterradar checken sollen."

„Man kann nicht an alles denken", sagte ich und hielt meinen Stetson wie einen Rettungsschirm in die Luft für den Fall, daß die Airbags nicht zünden sollten. Wäre schade um meine Hypothese, dachte ich, wenn wir wirklich hart aufschlagen sollten, und zog den Gurt noch einmal straff.

Da, plötzlich, fing der Teppich wieder an zu steigen.

„Oh, er reagiert!", rief Rebecca.

„Was hast du gemacht?"

„Ich habe seine Fransen zwischen zwei Fingern gerieben, und mir drei Mal gewünscht, daß er wieder steigt, wie im Märchen."

„Gute Idee, den Trick lassen wir patentieren."

„Nicht nötig, es reicht, die Märchen zu studieren."

„Hast Du vielleicht noch eine märchenhafte Lösung für den Zauberberg?"

„Üblicherweise entwickelt man einen Gegenzauber."

Rebecca hatte offenbar wieder den Fransentrick angewendet, denn unser Teppich stieg jetzt über die Spitze des Berges.

„Und?"

„Laß mich mal nachdenken", sagte Rebecca.

„Ja, nimm dir Zeit! Das wäre dann das zweite Mal, daß Amerika Berlin aus der Luft rettet."

All you can eat auf Chinesisch

Seitdem Thomas mit Sun-Lin-Ya in Berlin lebte, hatte er sich mit dem Thema Hundefleisch nicht mehr beschäftigen müssen. Er hatte sich schwer getan damals bei der Hochzeit in Sun-Lin-Yas Dorf beim Anblick der vielen kleinen enthaupteten, gehäuteten und ausgenommenen Hunde mit ihren dürren, verkohlten Schwänzchen auf dem Grill am Gemeinschaftshaus. Den Versuch, Sun-Lin-Ya umzuerziehen, hatte er gar nicht erst unternommen, vielleicht wäre es auch nicht möglich gewesen, da es nicht den koreanischen Gepflogenheiten entsprach, Dinge auszudiskutieren bis ins letzte, gar sich zu konfrontieren in der Familie mit ideologischen Positionen.

Sun-Lin-Ya schien sich in der neuen Berliner Umgebung rasch anzupassen, von sich aus weitgehend auf Fleisch zu verzichten, wenn sie auch manchmal bei der Betrachtung der vielen gut genährten Hunde einen merkwürdigen Blick bekam, so, als taxiere sie ihr Objekt, wie sich dieses vielleicht in Topf, Pfanne oder am Grill machen würde. Besonders die fleischigen Rottweiler und Möpse zogen ihre Blicke auf sich, solche wohlgenährten Hunde gab es in ihrem Heimatland nicht. Und natürlich war sie so lange an den Berliner Currywurstbuden stehengeblieben, bis Thomas eine Portion für sie bestellte. Sie hatte genickt, und gut, gut, sehr gut gesagt, sie hatte gelächelt, doch was sie wirklich gedacht hatte, erfuhr er nie. Ob sie überlegt hatte, wie das Gericht vielleicht mit Hundefleisch schmecken würde?

Als brave Koreanerin pflegte Sun-Lin-Ya weiterhin ihre alten heimatlichen Traditionen. Manchmal ging sie auch zu koreanischen Freunden zum Essen, allein, ohne Thomas. Und wenn sie dann wiederkam, strahlten ihre dunklen Augen besonders, und sie schwärmte von der heimischen koreanischen Küche. Thomas hatte sich daran gewöhnt und fragte nicht weiter. Denn auch das gehörte zur koreanischen Kultur: Man drang nicht in den anderen ein, man bohrte nicht nach. Überhaupt Kritik zu üben, war heikel. Man war höflich, man lächelte, man nahm die Dinge, so wie sie waren.

Was Li-Sun-Ya sehr gut gefiel in Berlin, waren die Rikschas. Sie waren viel solider als die in ihrer Heimat und der Verkehr weniger chaotisch.

„Warum fahren wir nicht mal in die neue Chinatown zum Essen?", hatte Li-Sun-Ya eines Tages gesagt. „Es soll dort schon eine Menge los sein und gute Restaurants geben."

Thomas willigte ein, er selber war weder in dem neuen Stadtviertel gewesen noch in einer Berliner Rikscha gefahren, doch mit Sun-Lin-Ya ergab es Sinn.

Von Spandau aus waren es etliche Kilometer bis in die Chinatown im Nordosten Berlins unweit des neuen chinesischen Großflughafens. Am späten Nachmittag eines schönen Frühlingstags machten sie sich auf den Weg. Der Himmel leuchtete preußisch blau über der Stadt. Thomas und Li-Sun-Ya spazierten zu einer der in östlicher Richtung verlaufenden

Hauptstraßen. Sie brauchten nicht lange am Straßenrand zu warten, da rauschte auf ihr Winken ein klatschmohnrotes großes Gefährt mit zwei nicht mehr ganz jungen Fahrern heran.

Sie verständigten sich über den Preis, dann fädelte sich die Rikscha ein in den Verkehr, und als sie die Spezialtrasse erreichten, traten die Fahrer in die Pedale, als wollten sie einen Rekord einfahren. Lin-Sun-Ya fragte die beiden nach dem Grund ihrer Eile.

„Das ist Vorschrift."

„Vorschrift?"

„Auf dieser Spur beträgt die Mindestgeschwindigkeit 30. Für Radfahrer und Rikschas. Wir sind die erste Stadt der Welt, in der Radfahrer und Rikschas eigene Hochgeschwindigkeitstrassen haben."

„Und wieso fahrt Ihr mit zwei Fahrern? Das habe ich noch nirgends auf der Welt gesehen."

„Das ist so Gesetz hier", sagte der Weißbärtige. „Sicherheit."

Und der Glatzkopf fügte hinzu, indem er sich leicht zu ihnen umdrehte: „Falls einer von uns einen Herzinfarkt kriegt und das Steuer nicht mehr halten kann. Berlin ist eine junge Stadt."

„Schaut uns an!", ergänzte der Weißbärtige.

Sun-Lin-Ya lachte ihre hellen silbrigen Lachlaute. Sie schien die Geschwindigkeit zu genießen und konnte es nicht erwarten, die Chinatown zu sehen. Immerhin hatte sie in der Schule chinesisch gelernt, eine Zeit in China gearbeitet und freute sich darauf, vielleicht ein wenig chinesisch plaudern zu können.

Auch Thomas war gespannt auf das, was sich hinter dem Namen Chinatown verbergen würde. Er hatte diesen Stadtteil bisher noch nicht wahrgenommen wie so viele der Berliner Bezirke, die er nur aus den Medien kannte. Er war ja selbst oft in China gewesen und kannte chinesische Städte, von daher konnte eine Berliner Chinatown nur ein schwacher Abklatsch sein vom Original.

War die Rikscha bisher mühelos vorangekommen auf ihrer Spezialtrasse, änderte sich das schlagartig, als sie die Chinatown erreichten. Der Verkehr wurde wuselig und unübersichtlich. Asiatische Gesichter, wohin man sah. Chinesische Leuchtreklame prangte an den Häusern, Werbebanner waren quer über die Straßen gespannt. Garküchen, Restaurants, Billigläden und fliegende Händler prägten das Bild.

Sun-Lin-Ya lebte auf. Das kannte sie aus ihrer Heimat.

„Komm, wir steigen aus", rief sie.

Sie zahlten und die beiden Rikschafahrer schienen froh zu sein, daß sie sich nicht weiter durch den zähen Verkehrsbrei quälen mußten. Sie drehten um und warteten auf Kundschaft in westliche Richtung.

Thomas und Sun-Lin-Ya schlenderten Hand in Hand über das, was die Hauptstraße der Chinatown zu sein schien. Im Vergleich zu den anderen Berliner Vierteln herrschte hier wirkliches Gedränge, entlang der Bürgersteige tummelten sich dicht an dicht fliegende Händler und Imbißstände, exotische Gerüche, teils anregend, teils abstoßend waberten in der Luft. Wie auf einem Straßenfest kamen sie nur äußerst langsam voran. Sun-Lin-Ya entdeckte bald hier, bald da eine Spezialität und zeigte wie ein Kind jedes Mal mit dem Finger darauf. Als Thomas vorschlug, doch etwas zu essen, lehnte sie ab.

„Ich möchte lieber in ein Restaurant gehen."

Irgendwann wurde ihnen das Geschiebe zu viel, und so wechselten sie von der Hauptstraße in eine Nebenstraße, die nur aus Restaurants zu bestehen schien. An einem Eingang, flankiert von zwei steinernen Figuren, die Thomas für Löwen hielt, blieb Sun-Lin-Ya stehen und betrachtete die Speisekarte.

„Und, was gibt's?", fragte Thomas.

„Himmlische Speisen heißt es, und: Alles, was Sie essen können."

„Himmlische Speisen klingt ja gut", sagte Thomas, „aber alles, was Sie essen können, das klingt so nach Massenabfertigung."

„Irrtum", sagte Sun-Lin-Ya. „Bei euch ist das so, aber hier muß man es anders verstehen. Sie haben eine sehr breite Palette an Speisen. Ich würde gerne hier essen."

„Hoffentlich gibt es keine Löwen", sagte Thomas und wies auf die beiden Figuren am Eingang.

„Oh, das sind gar keine", lachte Sun-Lin-Ya, „schau doch mal genau hin, das sind tibetanische Löwenhunde."

„Gibt es die wirklich?"

„Ja, natürlich", sagte Sun-Lin-Ya, „die sind sehr teuer."

„Tot oder lebendig?"

„Beides."

„Wenn das mal kein Omen ist", sagte Thomas.

Das Lokal im traditionellen chinesischen Stil war groß und fast leer. Thomas' Blicke suchten ein Buffet mit dem von ihm befürchteten All-you-can- eat-Angebot, doch zu seiner Erleichterung fand er keins. Der junge chinesische Kellner redete, als er festgestellt hatte, daß Sun-Lin-Ya chinesisch sprach, nur noch mit ihr. Sie setzten sich an einen Tisch, neben dem ein Jade-Buddha mit großen Brüsten stand. Sun-Lin-Ya war guter Laune, sie hatte das Gefühl von Heimat. Der Kellner kam mit einer Handvoll Speisekarten und tat geheimnisvoll, als er sie Sun-Lin-Ya überreichte.

„Wozu bringt der so viele Speisekarten, wir sind doch nur zu zweit?"

„All you can eat", sagte Sun-Lin-Ya und lächelte. „Hier ist die Fleischkarte für Schwein, Rind und Huhn, eine für Fisch, eine Vegetarische, dann gibt's die Spezialitäten: Affe, Insekten, Reptilien und dann die für Hunde."

„Das ist nicht wahr! Hunde auf der Speisekarte in Deutschland?"

„Sie geben sie nur an Chinesen aus", lachte Sun-Lin-Ya. „Obwohl sie eine Übersetzung haben. Aber sie soll sehr schlecht sein. Der Kellner hat mich gefragt, ob wir jemanden kennen, der eine gute deutsche Version machen könnte. Ich habe ihm gesagt, ich werde dich fragen."

„Mich? Warum mich?"

„Warum nicht dich, du bist doch Deutscher und schreibst Texte."

„Aber keine Speisekarten und schon gar nicht mit Hundegerichten."

„Sie wollen eine poetische Speisekarte."

„Zeig mal her."

„Ich suche mir erst etwas aus."

„Du willst jetzt wirklich Hund essen?", fragte Thomas so höflich wie möglich, bemüht, keinerlei Anzeichen von Vorwurf in seiner Stimme anklingen zu lassen.

„Warum denn nicht, das letzte Mal, daß ich Hund hatte, war", sie legte den Kopf zurück und überlegte, „zu Hause in unserem Dorf vor einem Jahr. Diese Gelegenheit werde ich mir nicht entgehen lassen."

Thomas wußte, daß es keinen Zweck hatte, Sun-Lin-Ya davon abzubringen. Das würde schlechte Stimmung erzeugen, den ganzen Ausflug in Frage stellen. Es galt, Harmonie zu bewahren. Harmonie ging über Ideologie. Nicht, daß Thomas sich geekelt hätte vor Hundegerichten. Er hatte bei seinen Asienreisen Tiere auf dem Grill gesehen, bei deren Anblick sich ein Europäer reflexartig der Magen verschloß. Und Hunde waren auch nur Tiere, denen man das Fell abgezogen hatte, Fleisch wie anderes Fleisch auch. Doch auch Thomas konnte nicht an gegen seine kulturell bedingte Idiosynkrasie. Er brauchte nur an Tante Lilos Mops zu denken, ihre Knutschkugel, ihr Schoßkissen, ihr Handschmeichler, ihr Ersatz-Mann, ihr Ein und Alles.

„Mischlingsragout", las Sun-Lin-Ya laut, „na ja, das würde ich nicht gerade nehmen. Wer weiß, wo sie den herhaben. Mich würde eher Königs-Pudel

Tschiang Kai Schek in Schildkrötensud interessieren."

„Hier, lies mal", sagte Thomas und lachte: „Süße Mops-Schnauze gefüllt mit Putinbrust. Meinen die den, der damals den Krieg in Osteuropa ausgelöst hat?"

„Glaube ich nicht", sagte Sun-Lin-Ya. „Die können halt auch kein Deutsch wie ich."

„Na, na, du kannst sehr gut deutsch."

Der Kellner näherte sich.

„Also ich bleibe bei meinem Königs-Pudel", sagte Sun-Lin-Ya, „und du?"

„Ich nehme eine sauer-scharf Suppe und dann Frühlingsrollen, ich habe gar keinen großen Hunger."

Sie stießen an mit Reiswein, den ihnen der Kellner aus einer im Han-Stil schwarzrot bemalten Porzellan-Karaffe kredenzt hatte.

Thomas betrachtete weiterhin fasziniert und abgestoßen zugleich die Speisekarte für Hunde.

„Schau mal hier: Kung-Fu-Hund Guangshou. Was soll das sein?"

„Keine Ahnung."

„Wenn ich das jetzt ins Deutsche übersetzen sollte, würde ich sagen: Kampfhund Neukölln. Aber ob das je einer bestellen würde? Immerhin, Hundehasser gibt es in Berlin genug."

So vertrieben sie sich die Zeit, bis das Essen kam.

„Wokdokke", las Sun-Lin-Ya, und Thomas mußte lachen.

„Die meinen wahrscheinlich Dogge im Wok."

„Aber gibt es so große Woks? Die wissen nicht, wie groß Doggen werden."

„Aber Thomas, die Chinesen schneiden doch sowieso alles klein. Wo ist das Problem?"

Das Essen kam. Sun-Lin-Ya bekam ihren Königspudel in Schildkrötensud mit chinesischen Nudeln, Thomas seine Frühlingsrollen.

Obwohl man das Hundegericht nicht hätte unterscheiden können von einem Wildgulasch, bemühte Thomas sich, nicht über die Herkunft nachzudenken. Und Sun-Lin-Ya bot ihm, höflich wie sie war, nichts von ihrem Essen an. Sie wirkte sehr zufrieden. Er stellte sich vor, wie es für ihn wäre, wenn er im Ausland lebte und dort Gelegenheit bekäme, eines seiner traditionellen Lieblingsgerichte aus der Heimat essen zu können.

Sie hatten noch nicht zu Ende gegessen, als es auf einmal in der Straße laut wurde. Man hörte Trommeln und Leute, die etwas riefen. Der Lärm kam näher. Die Kellner liefen zur Tür und schauten hinaus. Sogar der Chef kam, jedenfalls sah er so aus mit seinem roten Seidenhemd im schwarzen Anzug. Kurz darauf trat er an ihren Tisch und sagte etwas auf Chinesisch zu Sun-Lin-Ya.

„Was hat er gesagt?"

„Eine Demonstration."

„Von wem?"

„Von Tierschützern. Sie haben wohl gehört, daß hier Hunde auf den Teller kommen."

„Und jetzt?"

„Sie werden die Türen verschließen und sich verteidigen, falls die Demonstranten einzudringen versuchen."

In dem Moment hörte Thomas eine Art Kratzen und Hecheln, dann erschien ein Chinese mit zwei Hunden an kurzer Leine, die gemein und gefährlich aussahen.

„Kampfhunde Neukölln", sagte er zu Sun-Lin-Ya.

„Dann kann uns ja nichts passieren."

Doch Sun-Lin-Ya fand das alles plötzlich nicht mehr schön, sie wurde bleich, entschuldigte sich und verschwand auf der Toilette. Als sie nicht wiederkam, ging Thomas ihr nach.

Er öffnete die Tür zur Damentoilette. Er rief, dann hörte er, wie sie sich übergab. War der Hund verdorben gewesen, war es die Aufregung?

„Brauchst du Hilfe?"

„Nein", antwortete eine schwache Stimme.

Dann kam sie. Noch bleicher.

„Ich möchte nach Hause."

„Jetzt? Draußen sind die Demonstranten. Wir können erst gehen, wenn sie weg sind."

„Aber hier auf der Toilette können wir nicht bleiben."

Sie gingen wieder nach vorne ins Restaurant.

Offensichtlich hatte sich die Situation verschärft.

Die Hunde hinter der Tür bellten wie verrückt.

Draußen schrien die Demonstranten.

„Was wollen die?", fragte Thomas den mutmaßlichen Restaurantbesitzer.

„Sie sagen, hier würden Hunde festgehalten, sie wollen sie befreien."

Die Hunde bellten und zerrten an der Leine, sprangen gegen die Tür.

Sun-Lin-Ya fing an zu weinen.

Thomas sagte: „Rufen Sie bitte die Polizei, meine Freundin hat Angst."

Inzwischen war Personal aus der Küche gekommen und zur Eingangstür gegangen, als wollte man dort ein menschliches Bollwerk errichten. Jemand telefonierte auf Chinesisch. Dann öffnete einer der Kellner die Eingangstür. Der Mann mit den beiden Kampfhunden ging hindurch. Der Chef rief:

„Ihr könnt die Hunde haben."

„Komm", sagte Thomas, „das ist mir zu heiß."

Sie flüchteten in die Toilette. Doch in der Eile vertaten sie sich in der Tür und gerieten in einen Gang, der in den Keller führte.

„Wir sind falsch", rief Sun-Lin-Ya.

„Egal, vielleicht finden wir irgendeinen Ausgang."

Doch dann standen sie plötzlich in einem gewaltigen Vorratskeller. An den Wänden reihte sich Regal an Regal, in der Mitte brummten gewaltige Kühltruhen vor sich hin. Alles war chinesisch beschriftet.

„Kannst du was lesen?"

„Ist alles geordnet, in Abteilungen wie auf der Speisekarte."

„Schau doch mal beim Fleisch genauer hin."

Sun-Lin-Ya ging zur ersten Kühltruhe:

„Rind, Schwein, Huhn". Dann zur zweiten: „Affe, Vögel, Insekten". Dann zur dritten: „Hund."

„Nur Hund? Da liegt also der Hund begraben", sagte Thomas.

Oben hörten sie Schritte.

„Los, wir müssen zurück, besser sie finden uns hier nicht."

Thomas griff sein Telefon und wählte den Polizeinotruf. Einige Male zu oft, wie es Thomas vorkam, ging der Ruf ab, dann nahm schließlich jemand ab. Die Leitung war schlecht, so als hätte er eine Nummer auf einem anderen Kontinent gewählt. Thomas schilderte seine Situation.

„Die Berliner Polizei ermittelt erstens nur bei Aussicht auf Erfolg, zweitens ist sie nicht für die Chinatown zuständig", sagte eine Frauenstimme. „Sie befinden sich in einer Sonderwirtschaftszone mit eigenen Gesetzen."

„Und woher soll ich das wissen?"

„Ja, lesen Sie denn keine Zeitung?"

Thomas lag auf der Zunge zu sagen, er läse nur chinesische Zeitungen, doch er kam nicht dazu.

„Wenden Sie sich an die lokalen Behörden", sagte die quäkige Frauenstimme. „Ich gebe Ihnen eine Nummer."

„Ist nicht nötig", sagte Thomas und beendete das Gespräch.

Der Lärm über ihnen schien weniger geworden zu sein. Sie stiegen die Treppe hinauf. Unbemerkt kehrten sie in den Gastraum zurück. Durchs Fenster konnten sie sehen, wie eine unübersehbare Menge

Chinesen mit Armbinden die Demonstranten von allen Seiten eingekesselt hatten. Sie umgaben sie wie riesige Bänder aus Dämmwatte und schoben sie langsam, aber beharrlich aus der Straße.

Dann trat der Restaurantbesitzer zu ihnen. Die beiden Hunde, die sich eben noch wie toll gebärdet hatten, waren wie ausgewechselt, sie wedelten mit den Schwänzen. Er sagte lächelnd, und seine Augen zogen sich dabei zu schwarzen Schlitzen zusammen, aus denen es blitzte:

„Ich habe diesen Leuten unsere Hunde angeboten, keiner wollte sie haben. Entschuldigen Sie bitte die Unannehmlichkeiten, Sie können nun ungestört Ihren Aufenthalt bei uns weiter genießen."

Dann verschwand er mit den Hunden, die ihm durch eine Tür im hinteren Teil des Restaurants folgten wie Lämmer zur Schlachtbank.

Berlin Spezial

Schaum des Westens

In den Tagen nach dem Mauerfall bin ich fast jeden Abend mit meinem Fahrrad rüber in den Westen. Im Frühling ließ dieses Bedürfnis nach. Ich hatte erstmal genug gesehen und verbrachte meine Abende wieder bei uns im Prenzlauer Berg, wo damals schon die Immobilienspitzel herumfuhren mit ihren dicken Schlitten

Ich war alleine, aber kein Single, weil es so etwas bei uns nicht gab. Ich wusste damals nichts von Singles und was das bedeutet, ein Single zu sein, bis die Mauer fiel.

Und dann kam einer jener Maitage, die einem drastisch klarmachen, was einem fehlt, auch wenn man es bis dahin nicht so vermißt hat. Auf allen Plätzen im Viertel saßen Pärchen, die Luft war lau, die Mädchen trugen dünne Blusen über engen Hosen oder leichte, luftige Kleider, es duftete nach Flieder, die Natur tat alles, um einem das Leben schwer zu machen, wenn man alleine war.

Es war Freitagabend. In der Wohnung hielt ich es nicht aus, schon allein deswegen, weil Hermann, der Theologie studierte, Besuch von seiner Ische hatte. Und wenn der Ischenbesuch hatte, dann hörte man es durch alle Türen. Wenn er erst Pfarrer war, konnte er sich das wahrscheinlich nicht mehr so erlauben. Er musste sich also während des Studiums ausleben. Die Nebenwirkungen von Hermanns Liebesleben waren zu vermeiden, wenn ich flüchtete. Ich klemmte mir ein Physikbuch unter den Arm. Es waren nur ein paar Blöcke weit zum Kollwitzplatz. Die paar alten Kneipen, die es gab, waren immer voll mit Wessis oder Touristen. Ganze Schwärme suchten uns heim, latschten um den Platz und begafften unsere bröckelnden Fassaden mit den Original Einschußlöchern von 1945. Dann rein in die Kneipen, um sich über das billige Essen herzumachen.

Der Platz war gut besucht. Ich suchte mir eine Bank, die nach Westen ausgerichtet war wie alles jetzt bei uns. Fand eine unter einer alten Kastanie. Neben zwei alten Frauen war noch etwas frei. Ich öffnete mein Buch und versuchte, nicht zu hören, was die beiden quatschten über Preise und Mieten und Renten und wie das alles einmal enden sollte und so weiter. Ich vertiefte mich in meine Teilchen. Doch ehe ich mich noch richtig hatte einlesen können, schoß plötzlich etwas Riesiges, Wolliges, Felliges über den Weg. Zuerst dachte ich an ein Schaf. Es war aber kein Schaf schon wegen der Geschwindigkeit. Es mußte sich um einen Hund handeln, um eine Rasse, die bei uns unbekannt war. Keine Augen, kein Schwanz, keine Ohren, keine Konturen, nicht Männchen, nicht Weibchen, eine Art Neutral- und Rundumfell, weiß-beige-gefleckt. Eine Züchtung aus dem Reagenzglas oder eine Laune der Natur? Ich nannte das Wesen Rundumfelltier. Es war hinter einem kleinen roten Ball hergeflogen, hatte ihn unter seiner Fellschnauze begraben und trug ihn nun zu der Person, die ihn anscheinend geworfen hatte. Und diese Person war im Begriff, sich auf die Bank schräg gegenüber der meinen zu setzen. Ich versuchte, meinen Blick auf die teilchenphysikalische Abhandlung gerichtet zu halten, doch es war schwer. Denn die Person mit der kurzen bunten Hundeleine war weiblich, wahrscheinlich um die fünfundzwanzig, locker und doch elegant gekleidet, schwarze Bluse zu einer gelben Jeans, eine Sonnenbrille ins kurze blonde Haar geschoben, und trug Ledersandalen, die es im ganzen Osten nicht geben konnte. Man mußte nicht Student der Physik sein, um elektrisiert zu sein von diesem Anblick: Der Fellwunderhund und die schöne Frau, ein Duo wie aus einem amerikanischen Film. Dann warf sie wieder den Ball, das Felltier sauste los, ziemlich schnell für seine Größe, und ich schaute hinterher. An Physik war nicht mehr zu denken. Vor allem deswegen, weil der Ball – es konnte nur Absicht gewesen sein – sich dieses Mal deutlich in meine Richtung bewegte. Der Hund auf mich los, na ja, dachte ich, wenn dieser Brocken auf deinen Schoß – doch er schaffte es immer noch rechtzeitig, den Ball mit seinem Maul vor meinen Füßen wegzuwischen.

Und dann plötzlich flog der Ball durch die Luft, flog zu mir. Sie hatte mir, das konnte unmöglich ein Fehlwurf sein, den Ball zugeworfen. Der Hund stürzte auf mich los, und ich, schon aus Überlebensgründen, so schnell ich konnte, warf den Ball zurück.

Die beiden Omis hatten sich gleich zu Beginn des Ballspiels verzogen, denen war dieses Tier bestimmt auch nicht ganz geheuer.

Ich war Teil eines Spiels geworden. Sie bestimmte es. Nach mehreren Ballwechseln stand sie auf, kam zu mir und fragte, ob sie sich neben mich setzen dürfe. So konnte nur jemand aus dem Westen fragen. Der Hund kam mit, legte sich zu ihren Füßen, nein, auf ihre Füße, die in diesen edlen Westschuhen steckten. Ein prima Heizkissen und Staubtuch zugleich. Um mich nicht gleich als unwissenden Ossi zu enttarnen, obwohl sie sich wahrscheinlich denken konnte, daß ich einer war, fragte ich nicht: „Was ist das eigentlich für 'ne Rasse?", sondern wählte einen Quereinstieg:

„Ist bestimmt ein guter Schutzhund!"

Sie nickte. „Er ist gutmütig, aber er passt auf. Und hat halt so seine Macken. Wie'n Mensch. Stimmt doch Ronnie, oder?"

Das Rundumfelltier wandte ihr seinen Kopf zu, und zum ersten Mal sah ich ein Auge.

„Er hat also doch Augen!"

„Na klar hat mein Ronnielein Augen", sagte sie, und liebelte ihn ab.

„Faß ihn ruhig mal an, wie heißt du überhaupt?"

„Thorsten", sagte ich, und griff in das Fellbündel. „Soviel Fell – und wie heißt du?"

„Peggy. Magst du Hunde?"

Ich hatte kein besonderes Verhältnis zu Hunden, aber um keinen Fehler zu machen, sagte ich schnell:

„Ich wollte als Kind schon einen Hund haben, aber meine Eltern waren dagegen."

„Die alte Geschichte", sagte sie.

So kamen wir ins Gespräch, sie streichelte ab und an den Hund, ich auch, sozusagen aus Solidarität, manchmal berührten sich unsere Finger, es kam zu kleinen Stromstößen, die einen Physikstudenten nicht überraschen konnten.

Wie lange wir so gesessen und geredet hatten, weiß ich nicht mehr, es wurde kühler. Ich wußte nun, daß sie Peggy hieß, eine Kunstgalerie in Westberlin betrieb und anscheinend keinen Mann und keine Kinder hatte. Erst später lernte ich, daß es sich um eine der zahllosen Single-Frauen Westberlins handelte.

Peggy schlug schließlich vor, etwas zu trinken. Wir drehten eine Runde um den Kollwitzplatz, die wenigen Kneipen waren brechend voll, in einem Eck-Lokal wäre Platz gewesen, da wollte man aber den Hund nicht reinlassen, und sie wollte ihn nicht draußen anbinden. Ich überlegte, sie mit zu uns nach Hause einzuladen, doch wenn ich an Hermann und seine Freundin dachte, das Chaos, den leeren Kühlschrank...

Als hätte sie meine Gedanken erraten, schlug sie vor: „Du könntest auch mit zu mir kommen."

„Zu dir?"

„Ich wohne zwar in Westberlin, aber mit dem Wagen ist das ein Katzensprung, es gibt ja keine Kontrollen mehr."

Ich dachte, das Abenteuer lasse ich mir nicht entgehen, der Herrmann wird Bauklötze staunen, wenn ich ihm das erzähle, und antwortete wahrheitsgemäß: „Ich war noch nie in einer Westwohnung."

„Dann wird es Zeit, eine kennenzulernen."

Als ich ihren Wagen sah, haute es mich fast um. Ehrlich.

Ein rotes BMW-Cabriolet mit schwarzem Dach und silbernen Felgen.

Abstruse Gedanken schossen mir durch den Kopf: Das mit der Kunstgalerie ist gelogen, sie ist von einem Geheimdienst als Lockvogel auf dich angesetzt. Oder eine Fernsehfirma hatte mich für ein psychologisches Experiment ausgesucht: Wieviel Westen verträgt der Ostmensch? – und irgendwo lief eine Kamera.

Jedenfalls fühlte ich mich mit meinem Teilchen-Physikbuch in den Händen wie ein roter Zwerg, konfrontiert mit einem weißen Riesen, astronomisch gesprochen.

Sie merkte, daß ich zögerte.

„Ist was?"

„Nein", sagte ich, „es ist nur dieses Rot."

„Mein Auto ist unpolitisch." Sie lächelte.

„Das habe ich mir schon gedacht", sagte ich und zögerte beim Einsteigen, weil ich nicht wußte, ob der Hund oder ich vorne sitzen sollte.

Doch das Problem löste sich von alleine.

Sie ließ das Schiebedach herunter und Ronnie sprang auf den Rücksitz. Wenn nicht die Kopfstützen gewesen wären, hätte ich mir, als sie anfuhr, das Genick gebrochen. Dieses Auto hatte wahrscheinlich mehr PS unter der Haube als alle grauen Staats-Citroëns Honeckers zusammen.

Ronnie saß auf der Rückbank und schaute zwischen uns hindurch nach vorne auf die Fahrbahn, d.h. falls er vor lauter Fransen im Gesicht etwas sehen konnte. Ich spürte seinen heißen Atem im Nacken. Er roch unangenehm, und ich versuchte, ihm auszuweichen. Offenbar hatte Peggy das auch bemerkt, denn sie sagte: Ronnie, du stinkst. Dabei griff sie in die Seitenablage, fingerte aus einem Päckchen eine dicke Pille, sagte: „Ronnie, paß auf!", und warf die Pille nach hinten. Es klackte, es krachte, er hatte das Ding. „Das ist gegen den Mundgeruch", sagte sie.

Mir war schon ein bißchen unheimlich gewesen, jetzt wurde mir noch unheimlicher. Im Westen hatten die Pillen gegen Mundgeruch von Hunden! Der Westen war also noch weiterentwickelt, als ich gedacht hatte. An der nächsten roten Ampel, als der Fahrtwind nachließ, machte sich Pfefferminzgeruch von hinten bemerkbar. Sie fuhr über die Wollankstraße in den Westen, irgendwie passierten wir dann die Siegessäule, die kannte ja jeder. Peggy wohnte in Schöneberg.

„Ich wohne in einem Penthouse", sagte sie.

Ich hatte keine Ahnung, was ein Penthouse war, also sagte ich etwas Unverfängliches wie:

„Bestimmt schön, so ein Penthouse."

„Ich könnte nie mehr woanders wohnen", schwärmte sie, als wir in eine Tiefgarage fuhren, deren Tür sich per Fernbedienung öffnete.

Wir gingen dann zu einem Fahrstuhl, der sich nur mit einem Schlüssel bedienen ließ, und fuhren nach oben. Der Pfefferminzhund, Peggy, und ich. Im achten Stock hielt der Fahrstuhl. Als sich die Tür öffnete, erhielt ich den nächsten Schock. Die Tür öffnete sich nämlich nicht auf einen Flur hin, sondern man betrat direkt die Wohnung, Peggys Wohnung. Mein erster Privatfahrstuhl, ein Tag der Premieren.

Zuerst wußte ich nicht, befand ich mich jetzt in der Kunstgalerie oder in einer Wohnung, denn die Wände bedeckten gewaltige Gemälde. Auf einer breiten Konsole, die über eine ganze Wand verlief, standen mehrere Skulpturen aus Stein und Bronze. Und hier lebte ein Mensch allein! Ich verstand die Welt nicht mehr. Wie konnte eine so schöne, offenbar reiche Person überhaupt alleine sein?

„Mein Vater war Kunstsammler, das meiste hat er mir vererbt. Nach dem Studium hab ich dann überlegt, was ich machen soll. Und da war die Idee mit einer Kunstgalerie naheliegend. Das hier ist nur privat, die Galerie betreibe ich am Kudamm."

Ronnie war gleich aus dem Fahrstuhl voraus in die Wohnung gelaufen, von irgendwoher hörte man das Schlabbern seines riesigen Mauls in einer Wasserschüssel.

Man hatte einen phantastischen Ausblick über das nächtliche Berlin. Die Fenster gingen bis auf den Boden, durch eine Glastür gelangte man auf eine geräumige Terrasse. Eigentlich bestand die Wohnung aus einem einzigen großen Raum, von dem ein paar Türen abgingen.

Ronnie war zurückgekommen. Von seinem Maul triefte noch das Wasser, doch Peggy eilte gleich herbei mit einem Tuch und trocknete ihm das Maul.

„Wegen des Parketts", sagte sie. „So, jetzt hole ich uns aber erst mal was zu trinken."

Sie verschwand durch eine der Türen.

Unterdessen wollte ich einen Blick auf die Terrasse werfen. Doch als ich einen Schritt machte, merkte ich, daß Ronnie sich mir in den Weg stellte. Er ließ sich auch nicht umgehen. Als Peggy mit einem Tablett voller Getränke zurückkam, schien sie gleich zu sehen, was los war.

„Geht das schon wieder los, Ronnie! Komm mal hierher! Hierher!", kommandierte sie scharf, und Ronnie gehorchte.

Ich konnte mich wieder frei bewegen. Peggy bat mich auf ein schwarzes Ledersofa mit Blick durch die riesigen Glasscheiben. Sie setzte sich dicht neben mich, so daß ich die Wärme ihrer Beine spürte. Sie erklärte mir, daß es sich um das Schöneberger Rathaus handele, vor dem die berühmtesten Politiker des Westens gesprochen hatten, sogar J.F. Kennedy. Das war mir bekannt, aber ich sagte nichts dazu.

Ich trank ein Bier, sie einen Wein. Ronnie lag zwischen uns auf dem Boden, mit dem Rücken an das Sofa gelehnt. Ich hatte das Gefühl, er beobachtete mich, und dieses Gefühl hatte ich fast die ganze Zeit, weil ich seine Augen nicht sah. Peggy erzählte mir von Ronnie. Daß sie ihn aus einem Tierheim geholt hatte. Seine ehemaligen Besitzer waren wohl mit ihm nicht zurechtgekommen und hatten ihn ausgesetzt.

„Ronnie ist extrem auf mich fixiert", sagte sie, „und er ist sehr eifersüchtig."

Ich hörte zu und trank mein Bier, dann noch eins. Ich lernte etwas über die Probleme der Hunde des Westens. Dann versuchte ich, meine Hand auf Peggys Knie zu legen, doch Ronnie knurrte gleich. Es war Mai, ich war im Westen, in einer schönen Wohnung mit einer schönen Frau und einem Hund aus einem Tierheim, der im Weg war.

So redeten wir. Über den Hund, über die Kunst, über die Physik, denn mein Physikbuch lag auf dem Tisch. Sie hatte mich zuerst für einen Sportstudenten gehalten, angeblich wegen meiner Figur, und staunte, als ich ihr sagte, ich studiere Physik. Als ich dachte, Ronnie beobachtete mich gerade nicht, versuchte ich unauffällig meinen Arm um Peggy zu legen. Doch Ronnie reagierte sofort. Offenbar hatte er am Hinterkopf Sensoren oder ein zweites Paar verborgener Augen.

„Was hältst Du von einem Schaumbad?", fragte Peggy unvermittelt.

Ich war verdutzt. Meinte sie mich oder den Hund? War es am Ende im Westen Sitte, mit nächtlichen Gästen Schaumbäder zu nehmen, so wie es in Sibirien Sitte war, mit Gästen zuerst in die Sauna zu gehen und dann zum Essen? Oder glaubte sie, wir hätten im Osten keine Seife?

Dann fügte Peggy hinzu:

„Ronnie mag Schaumbäder über alles. Und er hat es verdient nach diesem Hundeleben. Wir könnten ein schönes Entspannungsbad mit Maiglöckchenduft nehmen. Was hältst du davon?"

Sie meinte also doch nicht den Hund.

„Die Frage ist doch eher, was Ronnie davon hält", sagte ich, und dachte, jedes Land hat seine Kultur, bei uns gab es Maidemonstrationen, im Westen offenbar Mai-Schaumbäder.

„Wird schon gehen", sie lachte und verschwand, ich rief noch hinterher:

„Ich bin ein leidenschaftlicher Schwimmer, schön viel Wasser bitte...!"

Kurz darauf hörte ich es rauschen, Ronnie war hinter ihr hergelaufen. Ich nutzte den Moment, um auf die Terrasse zu treten. Es hatte sich abgekühlt, aber die Luft tat mir gut, ich genoß den Ausblick, es war ein erhebendes Gefühl. Dann hörte ich Peggy rufen. Ich ging mit Herzklopfen, das gebe ich zu, zum Bad.

Kerzenlicht beleuchtete einen großen, schwarz-weiß gekachelten Raum mit goldglänzenden Armaturen und einer geräumigen Wanne, in der bei uns eine ganze Familie einquartiert worden wäre. Peggy lag bereits im Schaum. Soviel Schaum. Nur ihr Kopf war zu sehen. Es roch tatsächlich nach Maiglöckchen. Im Westen gab es alles im Überfluß. Der Westen schäumte über.

Ronnie saß am Kopfende. Peggy mochte meine Gedanken gelesen haben.

„Es hat keinen Zweck, ihn auszusperren, er bellt dann die ganze Zeit und zerkratzt die Tür", sagte Peggy, während ich mich auszog. Als ich am Fußende in die Wanne stieg, hielt sie ihn am Halsband fest und sprach auf ihn ein: „Schön brav und keine Dummheiten, hörst du!"

Ich war kaum eingetaucht in den Schaum und hatte ersten vorsichtigen Ost-West-Unterwasserkontakt mit Peggy aufgenommen, beging sie einen Fehler. Sie ließ Ronnie los. Das riesige Felltier machte einen Satz und plumpste in die Badewanne. Das Wasser schwappte heraus, Peggy stieß einen Schrei aus. Ich preßte mich ganz an den Rand der Wanne und schob mich dann langsam mit dem Rücken über das verbliebene Wasser heraus, mit der Absicht, die Wanne zu verlassen. Ich konnte mir nicht vorstellen, zu dritt in der Wanne zu harmonieren.

Peggy stöhnte: „Mein Knie, mein Gott, dieser Idiot ist genau auf mein Knie gesprungen."

Ich schätzte, daß Ronnie 70 bis 80 Kilo wog. Als Physikstudent wußte ich, was eintrat, wenn Masse beschleunigt wurde oder wie im Falle von Ronnie sich von selbst beschleunigte und dann auf ein ruhendes Objekt traf.

Bevor ich ihr aus der Wanne helfen konnte, mußte der Hund raus. Ich versuchte mein Glück: „Raus Ronnie, hierher!"

Das Gegenteil trat ein. Ronnie duckte sich ganz ins Wasser, vielleicht dachte er, das würde ein Spiel.

Doch Peggy hatte schon selber eine Idee. „Geh mal in die Küche. Unter der Spüle steht im Schrank das

Hundefutter. Gieß es in einen Napf und bring ihn her. Ronnie darf auf keinen Fall so in die Wohnung."

Selber eine Wasserspur hinter mir herziehend wie ein Biber, begab ich mich in die Küche, fand das Futter und brachte es ins Bad.

Der Futternapf löste den gewünschten Reflex bei Ronnie aus. Er sprang aus dem Wasser und stürzte sich auf das Futter, möglicherweise hatte er dabei sogar positive Assoziationen in Bezug auf mich.

Dann kümmerte ich mich um Peggy. Ich half ihr aus der Wanne, gab ihr ein Handtuch.

„Soll ich dich zum Arzt bringen?"

„Nein, ich glaube, das ist nicht nötig. Du könntest mir einen Eisumschlag machen. Geh mal zum Eisschrank und nimm aus dem Kühlfach eine Eismanschette."

Peggys Knie mit einer Handtuch-Eismanschette zu versorgen, war noch das geringste Problem. Doch dann stellte sich heraus, dass Ronnie getrocknet werden mußte. Da, wo er stand, hatte sich schon ein recht ordentlicher See gebildet.

„Würdest du mir helfen, ihn zu föhnen?", fragte Peggy.

Ich rechnete: Meine eigenen Haare zu föhnen, dauerte ungefähr fünf Minuten. Allein Ronnies Kopf zu föhnen, würde ungefähr zwanzig Minuten dauern, und dann kam erst der Körper. Der Föhn hatte einen Überhitzungsschutz. Was sicherheitstechnisch natürlich vernünftig war. Doch es verlängerte die Zeit des Föhnens beträchtlich.

Ronnie schien das Föhnen gefallen zu haben. Er protestierte nicht und ließ sich bequem dirigieren. Für diesen Hund brauchte man die Trocknungsvorrichtung einer Autowaschanlage. Nach einer Stunde, so kam es mir vor, war ich mit dem Föhnen fertig, und ich konnte Ronnie aus dem Bad lassen. Peggy hatte sich schon mit der Eismanschette ins Bett gelegt und mir gesagt, ich solle später nachkommen.

Im Schlafzimmer brannte noch ein schwaches Licht. Peggy atmete tief und ruhig. Sie schien schon zu schlafen. Neben ihr lag Ronnie. Er hatte sich dicht an Peggy herangekuschelt. Ich näherte mich auf Zehenspitzen, doch plötzlich knurrte er nachhaltig.

Nach allem, was geschehen war, hatte ich überhaupt keine Lust, mich mit diesem Felltier auch noch um einen Schlafplatz zu streiten. Was konnte ich tun? Sollte ich mich abseilen? Da fiel mir ein, daß der Fahrstuhl nur mit einem Schlüssel zu bedienen war. Mit einem Mal wurde ich hundemüde. Die Vorstellung, ich müßte mit öffentlichen Verkehrsmitteln zurück nach Ostberlin, machte mich noch müder. Schließlich ließ ich mich auf den dicken weißen Teppich neben dem Bett sinken. Das schien Ronnie egal zu sein.

Immerhin, ich hatte den westlichsten Punkt meines Lebens erreicht. Hermann lag zu Hause im Bett mit seiner Ische. Ich lag auf einem Westteppich, wertvoller wahrscheinlich als unsere ganze Wohnungseinrichtung. Mit dem Gedanken, das Patent einer selbstfahrenden Heimföhnanlage für Rundumfelltiere zu entwickeln, rollte ich mich in den Teppich und überließ mich den Träumen des Westens. Daß

Ronnie später einen Kontrollgang unternahm und mich in meiner Teppichrolle als Reviermarkierungsstelle mißbrauchte, merkte ich schon nicht mehr.

Augenblicke

Er hatte mich bearbeitet seit mehreren Tagen. Ole, ein geschäftstüchtiger Hans Dampf, einer, der die Lebenskunst der Kunstproduktion vorzog, suchte ein Jurymitglied für den Lyrikpreis „Alte Gaslaterne". Ausgelobt hatte ihn der Verein „Unser Berlin soll schöner werden", dessen Vorsitzender Ole war. Das Motto lautete: Augenblicke.

Ausgerechnet Lyrik! Ein Gebiet, wo ich mich überhaupt nicht auskannte. Das hatte ich Ole auch gesagt.

„Aber gerade deswegen brauchen wir dich doch. Wir suchen ganz normale Leute, keine Schriftgelehrten oder Profi-Literaturkritiker mit fingerlangen Reißzähnen. Der einzige vom Fach außer mir ist selber Poet."

„Wer?"

Ole nannte einen Namen. Ich hatte noch nie von ihm gehört. Das war natürlich kein Wunder. Ich kannte Lyriker nur aus der Schulzeit, und die meisten waren tot.

„Warum fragt ihr dann nicht jemanden von der Straße, da laufen doch genug ganz normale Menschen herum, warum ausgerechnet mich?"

„Du magst zwar in Sachen Lyrik inkompetent sein, aber du bist Künstler und hast einen Namen. Wir brauchen namhafte Juroren, Juroren, die etwas mit Medien und Kunst zu tun haben."

„Aha", sagte ich. „Wer ist denn noch dabei?"

Die meisten der Namen, die Ole aufzählte, kannte ich nur vom Hörensagen. Da waren natürlich der

Rundfunk-Meyer, der Fernseh-Schmidt, der Zeitungs-Müller von der Springerpresse und der Schauspiel-Schulze. Fehlte noch der Kunst-Kunze. Ich willigte schließlich ein. Immerhin verdankte ich Ole mein aktuelles Atelier. Ich konnte nicht wissen, was ich demnächst von ihm wollte.

„Wann und wo geht's los?"

„Ende des Monats im Romanischen Café."

„Das gibt es meines Wissens schon seit siebzig Jahren nicht mehr."

„Seit du in Lübars wohnst, kriegst du aber auch gar nichts mehr mit, Eddy."

„Doch", sagte ich, „das Zwergpony meines Nachbarn hat gefohlt. Es ist so groß wie ein Schäferhund."

„Ich habe schon fast ein schlechtes Gewissen, daß ich dir den Tip mit der Remise in Lübars gegeben habe", sagte Ole.

„Brauchst du nicht. Du weißt so gut wie ich, daß es im Umkreis von vier Kilometern um den Alex kein bezahlbares Atelier mehr gibt. Ich fühle mich wohl in Lübars, auch wenn die Kunst hier nur am Rande vorkommt. Also sag mir, wo dieses Romanische Café ist und wann wir uns treffen!"

Die Gegend am Zoo, die mich schon seit zwei Jahren nicht mehr gesehen hatte, war für mich das schwarze Loch Berlins. Darin tummelten sich neben dem transitorischen Publikum die ortsfesten Kriminellen und daneben zwangsintegrierte Elefanten und Löwen. Diese hinter sicheren Gittern, jene im freien Auslauf. Seit man den neuen Hauptbahnhof eröffnet hatte, war dieses Loch noch schwärzer geworden.

Wenigstens hatte der alte Bahnhof Zoo, auch wenn er versifft war und verlottert, zu Berlin gepaßt, er stimmte die Ankömmlinge auf Berlin ein, im Gegensatz zum neuen Bahnhof, der ihnen ein Hochglanz-Berlin vorgaukelte, das es in weiten Teilen nicht gab und wahrscheinlich auch nie geben würde.

Zum vereinbarten Termin nahm ich die S-Bahn. Ich fuhr etwas eher los, weil ich mir das neue Café in Ruhe ansehen wollte.

Der Bahnhof wirkte unverändert düster und trist, zügig verließ ich diesen Ort über die uralten speckigen Treppen und Bodenfliesen. Am Treppenschacht zur U-Bahn lag eine Gestalt wie ein abgelegtes Bündel Kleider. Jemand schien seinen Rausch auszuschlafen, vielleicht war er auch tot. Die Leute strömten vorbei, ich strömte mit. An der Fußgängerampel, die zum gegenüberliegenden himmelhohen Hotel führte, versuchte ich mich zu erinnern, wann ich zuletzt Gedichte gelesen hatte. Hatte mir nicht vor ein paar Jahren jemand zum Geburtstag einen Gedichtband geschenkt? Ich hatte ihn irgendwo ins Bücherregal geschoben, mit dem Vorsatz, das Buch später zu lesen.

Mein Blick fiel auf das neue Gebäude auf der anderen Straßenseite. Dort mußte nach Oles Beschreibung das Romanische Café sein. Es bildete quasi den großen Zeh des Riesenhotels, das sich nur wenige Dutzend Meter vom Bahnhof Zoo erhob. Allein mein blockierter Halswirbel C4 oder C3, ich kann mir das nie merken, hinderte mich daran, es mir genüßlich

Stockwerk für Stockwerk von unten nach oben anzusehen. Ich kam nur bis zum siebten Stock.

Der Hotelkomplex bildete eine Verkehrsinsel, eine Art autonomes Gebiet. Auf Grund seiner Nutzfläche würde es sich vielleicht auch als Freihandelszone eignen. Rundherum waren Baustellen, Betonsilos, Abdeckplanen, Dämmstoffstapel, Gerüste und lange Bauzäune, auf denen die Billigkonkurrenz mit ihren Werbeslogans den Riesenlöwen vis-à-vis wie Hyänen anknurrte. Diese ganze Gegend war im Grunde nichts anderes als eine durch ein Erdbeben hervorgerufene Massenkarambolage von Gebäuden, aus der heraus sich das Waldorf Astoria Hotel als solitäre Basaltsäule in die Höhe geschoben hatte. Es bedurfte eines gigantischen Selbstbewußtseins, ja einer unverzichtbaren Überheblichkeit, gerade hier zig Millionen von Euros zu investieren. Im Grunde war das ein genialer Einfall, denn je höher das Stockwerk, desto größer die Chance, den Unerfreulichkeiten des Freilaufgeheges weiter unten zu entkommen, eine freiere Perspektive zu erhalten, bis man fast im Himmel über Berlin angelangt war und feststellen konnte, daß wenigstens hier über den Wolken die Freiheit grenzenlos sein mußte, wie ein Berliner Hobbypilot einmal hellsichtig festgestellt hatte. Das oberste Stockwerk war darum vermutlich so etwas wie ein Wolkenkuckucksheim, von dem man bis zu meiner Remise nach Lübars sehen konnte, nur daß man dort oben keine Shetlandponys oder Schafe halten konnte.

Auf der Suche nach dem Eingang ins Café umrundete ich einmal die ganze Verkehrsinsel, fand ihn auf der Südseite und betrat die Namenslegende. Ich hatte keine besonderen Erwartungen, ich kannte ja das Original nicht, wußte nur, daß dort die Dichtergrößen Europas versammelt gewesen waren, die es heute nicht mehr gab. Da in Cafés nicht mehr geraucht werden darf, herrschte klare Sicht. Diese offenbarte eine erschreckende Leere. Fällt es mir schon in normal besetzten gastronomischen Einrichtungen schwer, mich für einen Platz zu entscheiden, überfordert mich ein Café mit unbesetzten Stühlen so wie ein Kreisverkehr, der an jeder Ausfahrt vielversprechend „Alle Richtungen" anzeigt.

Immerhin, beim Suchen nach der reservierten Ecke bemerkte ich hinter einer Säule ein älteres Paar, in teure Tuche gehüllt, diskret beim Tee plaudernd.

Und im östlichsten Zipfel des Cafés, gleichsam die Verkehrskanzel der Location mit Blick auf den berühmten Berliner Hohlen Zahn und die um ihn herumkriechenden Autoströme, fand ich, was ich gesucht hatte: Weiße Tischreiter mit der Aufschrift Lyrik-Jury. Ich ließ mich nieder. Eine lange, in öst-westlicher Richtung verlaufende dunkle Sitzbank teilte den Raum in zwei Hälften. Diese irdische Teilung – eine raffinierte innenarchitektonische Reminiszenz an die historische Teilung der Stadt? – wurde konterkariert von einem ausladenden weißen Gipsrondell an der Decke, das ein Fresko umringte, welches schon von den Farben her nicht von Michelangelo stammen konnte. Das Fresko stellte Paare und Singles dar, die um einen runden Tisch saßen, zu denen die darunter sitzenden Touristen aufschauen können beziehungsweise sich darin spiegeln. War es ein Pantheon historischer Persönlichkeiten mit einem modernistischen Konterfei? Und was mochte die Zahl zwölf in diesem Zusammenhang bedeuten? Wenn es symbolisch gemeint war, wer war dann der Guru, der die Deckenfiguren anführte? Sollte hier der Geist vergangener Epochen evoziert und pfingstmäßig von oben herab über die anwesenden Gäste ausgegossen werden? Oder war es nur ein weiteres Statement für die Freiheit der Kunst in dieser Stadt? Ich konnte mir keinen rechten Reim darauf machen. Ich vermutete, daß der Deckenmaler einer der vielen Berliner Künstler war, also ein geschäftstüchtiger Kollege von mir, der sich hier verewigt hatte. Ein Auftrag, der an mir bedauerlicherweise vorbeigegangen war. Dies machte mir schmerzlich bewußt, daß ich nur ehrenamtlich hier saß. Zum Glück konnte ich diesen Gedanken nicht verfolgen, denn ein tiefes Summen vor dem Fenster erregte meine Aufmerksamkeit. Dieses kam mitnichten von einer gepflegten Limousine, die in die hoteleigene Parkgarage strebte, es kam von einem schwergewichtigen Rollkoffer, den der Mann hinter sich herzog, dem ich meine Anwesenheit hier verdankte.

Die Gedichte rollen an, dachte ich und erschrak, denn die Größe des Koffers konnte nur eines bedeuten: Berge von Gedichten, die zu lesen ich doch besser abgelehnt hätte.

Ich überlegte kurz, ob ich auf die Toilette fliehen, von dort durch ein Fenster in die Freiheit, und dann telefonisch wegen einer akuten Leseschwäche absagen sollte. Doch Ole stand trotz des Koffers schneller vor mir, als ich denken konnte.

„Du bist ja schon da", keuchte er, und stellte den Koffer neben meinen Stuhl.

„Das wollte ich auch gerade sagen, Ole", und ich hörte, wie ich hinzufügte: „Ich glaube, ich kann das nicht machen, ich bin damit überfordert."

„Nicht du auch noch. Gerade hat mir der Schauspieler abgesagt. Es kommt jetzt auf jeden an, ich kann auf niemanden mehr verzichten. Jetzt muß jeder noch ein paar Gedichte mehr lesen."

Als Ole seinen Koffer öffnete und ich die Lyrikpakete erblickte, bedauerte ich zutiefst, die Fluchtphantasie nicht in die Tat umgesetzt zu haben. Es war zu spät. Die restlichen Jury-Mitglieder trudelten ein, das Schicksal nahm seinen Lauf. Ole erklärte die Regeln, jeder erhielt ein Paket mit etwa 500 Gedichten und den Auftrag, aus seinem Packen die 5 besten Gedichte auszuwählen. Der Rest war Smalltalk. Ich fühlte mich nur schwach getröstet, als Ole zum Schluß des Abends verkündete: „Die Rechnung geht natürlich auf Kosten der ‚Alten Gaslaterne'."

Auf der Rückfahrt in der S-Bahn stellte ich die Tasche mit den Gedichten neben mich auf die Bank und schloß die Augen in der Hoffnung, ein Dieb möge sich für den Inhalt interessieren.

Doch als ich mich anschickte umzusteigen, war sie noch da. Im Bus sitzend schließlich stellte ich die Tasche auf die leeren Plätze vor mir und schloß die Augen. Als ich sie an der Endhaltestelle öffnete, waren sie noch da. Das war nicht das Berlin, das ich kannte. Ich beschloß nun, aufs Ganze zu gehen und stieg aus. Ich war nicht weit gekommen, da hörte ich eine Stimme hinter mir. „Hallo, Sie da! Ist das vielleicht Ihre Tasche?"

Ich drehte mich unwillkürlich um. Der Busfahrer hielt die Tasche in der Hand. Es sollte nicht sein. Ich nahm sie entgegen, brummte einen Dank, den man auch als Beschwerde interpretieren konnte, und ging nach Hause. Nicht ohne den kleinen Umweg an den Weiden vorbei, in der Hoffnung, das Shetlandpony mit seinem Fohlen zu sehen. Ich wurde nicht enttäuscht. Stute und Fohlen standen friedlich unweit ihres kleinen Unterstandes. Was würde ein Dichter aus diesem Augenblick machen? Blaue Pferde? Die Schwere meiner Tasche am rechten Arm erinnerte mich an meine Aufgabe, ich ging nach Hause.

Gewohnheitsmäßig betrat ich zuerst die Remise. Ich fand es eine gute Idee, die Gedichte in der Werkstatt zu lesen, zwischen all meinen angefangenen und halb vollendeten Eisenskulpturen.

Gleich am nächsten Morgen legte ich los. Ich setzte mich an meinen Zeichentisch mit Blick durch die riesigen Scheiben in den blühenden Garten. Reinste Poesie.

Als Künstler, der viel mit Metall arbeitet, schuf ich mir zwei Kategorien: Schrott, den ich verstand und Schrott, den ich nicht verstand. Die erste Kategorie kam sozusagen auf den Müll, die andere Kategorie mußte ich mehrmals lesen. Da, wo ich gar nichts verstand, klebte ich einen Zettel dran mit einem Vermerk, den ich noch aus meinen Aufsätzen aus dem Deutschunterricht kannte: Unverständlich! Dafür war ich nicht haftbar zu machen. Weiß Gott, da saß ich, ich konnte nicht anders. Unverständlich bleibt auch nach mehrmaligem Lesen, was es ist.

Die Sonne war schon so weit gewandert, daß ihre Strahlen nicht mehr auf meinen Tisch fielen, als ich auf ein Gedicht traf, das mich berührte.

Es paßte in keine der beiden Kategorien. Ich verstand es, und es gefiel mir so gut, daß ich Oles Nummer wählte.

„Hallo Ole", sagte ich, „ich glaube, ich habe einen Preisträger."

„Was! So schnell?"

„Ich habe gestern schon auf der Fahrt im Bus angefangen", log ich. „Du weißt ja, wie lange die Fahrt nach Lübars dauert. Habe die Nacht durchgearbeitet. Ich schwöre, daß ich aufmerksam gelesen habe und nichts überschlagen. Habe sogar mit System gelesen. Hör mal, ich lese dir die erste Strophe vor: *Ich bin das lange Warten nicht gewohnt, Ich habe immer andre warten lassen. Nun hock ich zwischen leeren Kaffeetassen Und frage mich, ob sich dies alles lohnt.* Das ist doch schon mal spitze, das spricht jedem Künstler aus der Seele."

„Okay", unterbrach mich Ole. „Wirklich wundervoll, aber die Sache hat einen Haken."

„Welchen?"

„Ich kenne das Gedicht."

„Wie, das kennst du? Ich denke, die Gedichte sind anonym eingeschickt?"

„Es ist von Mascha Kaleko."

„Von Mascha Kaleko?"

„Ja, und wie du weißt, ist die leider schon lange tot. Da hat sich jemand einen Scherz erlaubt und ein Gedicht einer berühmten Poetin eingeschickt. Er wollte die Kompetenz der Jury testen. Das passiert öfter. Sie haben auch schon Kafka und Goethe eingeschickt und hoffen, daß sich die Jury blamiert, wenn sie verstorbene Meister prämiert. Ich fürchte, du mußt weiterlesen."

„Na schön", sagte ich. „Dann also weiter im Text." Um mich stimmungsmäßig aufzuhellen, beschloß ich, einen Gang zu den Pferdekoppeln zu machen, vielleicht erwischte ich wieder einen dieser Augenblicke...

Was in unserer kleinen Straße los ist

Es ist nicht viel los in unserer kleinen Einbahnstraße in der großen Stadt. Normalerweise ist es ruhig. Die Autos stehen dicht an dicht geparkt, die Bäume in Reih und Glied. Menschen gehen mit Einkaufstüten über die Bürgersteige, auf denen Hundehaufen liegen.

Aber manchmal tut sich doch etwas. Es fängt immer damit an, daß im Haus gegenüber der Besitzer einer Eigentumswohnung den Wunsch verspürt, mit dem Auto wegzufahren. Dieser geht dann die Treppe hinab über den zum Haus gehörigen Gehweg, an dem er ein Nutzungsrecht besitzt, zu einem von einem Jägerzaun umstellten Areal. Dort befindet sich auf einer Parkfläche ein genau abgeteilter und mit dem persönlichen Autokennzeichen markierter Eigentumsstellplatz.

Gewöhnlich geht der Eigentumswohnungsinhaber zügig zu seinem Stellplatz, öffnet die Fahrertür, steigt ein, legt den Rückwärtsgang ein, stößt zurück oder fährt vor, je nachdem, legt einige Meter bis zum mit einem Sicherheitsschloß versehenen Jägerzauntor zurück, hält an, zieht die Handbremse, öffnet die Fahrertür, steigt aus, schließt das Jägerzauntürschloß auf, öffnet beide Jägerzauntürflügel, arretiert sie, steigt wieder in seinen PKW, fährt durch das weit geöffnete Jägerzauntor hindurch, hält an, öffnet die Fahrertür, steigt aus, geht zurück, schließt das Jägerzauntor, geht wieder zum PKW, setzt sich ans Steuer und fährt los.

Aber dieses Mal muß er bereits nach zwei Metern anhalten. Er hat festgestellt, daß die Grundstücksausfahrt recht eng zugeparkt ist, offenbar noch enger als sonst. Ein roséfarbenes Mercedescabriolet mit schattenmorellenrotem Verdeck ragt verkehrswidrig mit seinem eleganten Hinterteil einen ganzen Meter über die weiße Bodenmarkierung der Ausfahrt. Der an freier Ausfahrt Behinderte öffnet die Fahrertür, steigt aus, geht um den Wagen herum, prüft den Abstand der Beifahrertür zu der des Engparkers. Er schüttelt den Kopf, schaut zum Himmel, als vermute er dort den Fahrer – vielleicht verflucht er auch den lieben Gott, der so etwas zuläßt –, jedenfalls setzt er sich wieder in den Wagen, fährt vor und zurück, vor und zurück, schließlich gibt er den Versuch wegzufahren auf, der sich unter der Hand in einen Ausbruchsversuch verwandelt hat.

Er stößt zurück bis dicht vors Jägerzauntor, steigt aus, verschließt die Fahrertür, holt einen Kugelschreiber aus der Jackeninnentasche, notiert das Kennzeichen des Engparkers und geht zielstrebig zurück über den Gehweg, an dem er ein Nutzungsrecht besitzt, in die Wohnung, die ihm alleine gehört, wahrscheinlich, um zu telefonieren.

Inzwischen hat irgendwo in der Stadt ein anderer Besitzer einer Eigentumswohnung desselben Hauses den Wunsch verspürt, eben dorthin zurückzukehren. Wir wollen ihn, der Einfachheit halber und der Gewohnheit der Wohnungsaufteilung in Gemeinschaftswohnanlagen gemäß, Nr. 2 nennen. Während also Nr. 1 noch im Haus ist, um zu telefonieren, hat

Nr. 2 mit seinem Wagen unsere kleine Straße erreicht, die keine Privatstraße ist, sondern der Allgemeinheit gehört.

Nr. 2 strebt der mit dem Jägerzauntor verschlossenen Einfahrt des Gemeinschaftsparkplatzes zu, doch auch er bemerkt: Die Einfahrt ist recht eng zugeparkt. Außerdem steht bereits ein PKW vor dem Tor. Nr. 2 beschließt, auf die Hupe zu drücken. Er tut dies langanhaltend und ausdauernd. Nach kurzer Zeit kommt Nr. 1 über den Gehweg geeilt, an dem er ein Dauernutzungsrecht besitzt, sieht Nr. 2, strebt auf ihn zu. Man kennt sich. Man schüttelt sich die Hände, dann den Kopf. Man diskutiert. Man wartet. Man wartet und diskutiert mit dem Schlüssel in der Hand, mit dem Arm in der Hüfte. Man hält Ausschau, man betätigt ab und an die Hupe. Dann, endlich, nach einer halben Stunde nähert sich die Polizei mit einem VW-Bus. Der Telefonanruf hat Früchte getragen. In Gestalt eines VW-Einsatzbusses. Mangels Parkraum, der auch vor der Polizei nicht Halt macht, stellen die Beamten den Bus in eine Garageneinfahrt. Sie steigen aus. Setzen die Dienstmützen auf, nähern sich dem roséfarbenen Mercedescabriolet mit dem schattenmorellenroten Verdeck, notieren das Kennzeichen, rufen per Funk einen Abschleppwagen herbei, nehmen zu Protokoll. Nach weiteren zwanzig Minuten dieselt ein Abschleppwagen heran, will in unsere kleine Straße einbiegen, doch das lange Gefährt kommt nicht um die Kurve, weil auch die zugeparkt ist, von beiden Seiten. Der Fahrer rangiert, aber er kommt nicht um die Kurve. Nun beginnen sich ringsum Fenster zu öffnen. Noch mehr Leben kommt in unsere kleine Straße. Schaulustige bleiben stehen. Es kommt zu einem Aufläufchen.

Zwei Kindergärtnerinnen führen unterdessen eine Kinderschar über den Bürgersteig an meinem Fenster vorbei. Auch die Kinder bleiben interessiert stehen. Die Kindergärtnerinnen fordern zum Weitergehen auf. Chaos droht in der kleinen Straße. Ein Kind ist von einem der besonders prachtvollen Hundehaufen vor meiner Haustür fasziniert. Es ruft: „Guck mal, die Hundekacke!" Andere Kinder fallen ein: „Hunde-kacke, Hundekacke, Hundekacke", schallt es durch unsere kleine Straße. Die Kindergärtnerinnen schimpfen: „Pfui! So etwas sagt man nicht." Die Kinder rufen nicht mehr „Hundekacke, Hundekacke, Hundekacke". Inzwischen hat das Abschleppmanö-ver vorne an der Ecke begonnen, inzwischen hat ein weiterer Bewohner der Eigentumswohnanlage den Wunsch verspürt, mit dem Auto wegzufahren. Er entdeckt, daß er den Parkplatz derzeit nicht verlassen kann. Gesellt sich zu den ersten beiden. Es kommt zu einer unvorhergesehenen kleinen Eigentümerver-sammlung. Man diskutiert, man lamentiert, man schüttelt die Köpfe, man ist erregt, aber man unter-hält sich angeregt. Ein zweiter Abschleppwagen er-scheint. An den dunklen Hauswänden spiegeln sich die gewaltigen Blinkleuchten der Transporter. Nun endlich wird unter beifälligem Gemurmel und Ni-cken der Schaulustigen das Mercedescabriolet auf die Ladefläche gehievt:

„Dem geschieht Recht! Dem wünsche ich ein ganz dickes Strafmandat!"

Noch mehr Fenster sind geöffnet worden. Dieselgestank hat sich ausgebreitet. Da nähert sich im Laufschritt der Besitzer des gerade auf die Ladefläche gehievten Edel-Sportwagens, ein junger sportlicher Mann mit einem Handy am Ohr. Die drei Stellplatzbesitzer zeigen ihren Unmut:

„Freiheitsberaubung ist das!"

„Nötigung!", sekundiert ein anderer.

„Wenn wir das vor Ihrer Einfahrt machen würden!"

„Das kann teuer werden, junger Mann!"

„Was denken Sie sich eigentlich? Wie kann man so parken?"

Der junge Mann zeigt Reue. Er bittet darum, den Wagen wieder abzuladen, er brauche ihn dringend. Die Stellplatzbesitzer drohen:

„Wir warten hier stundenlang!"

Die Polizei weist den Abschleppwagen an, den Mercedes um die Ecke in die Hauptstraße zu fahren und dort abzuladen. Die Schaulustigen diskutieren. Die Stellplatzbesitzer würden gerne auch weiterdiskutieren, doch nun muß gehandelt werden. Nr. 1 kann aus der Ausfahrt herausfahren. Er öffnet die Fahrertür, steigt ein, fährt langsam durch die vergrößerte Lücke und entschwindet den Blicken. Nr. 2 kann nun in die Einfahrt bis zum Jägerzauntor vorfahren. Er steigt aus, schließt das Tor auf, öffnet beide Flügel, arretiert sie, geht zum Wagen zurück, öffnet die Fahrertür, steigt ein, fährt durchs weit geöffnete

Tor auf seinen Stellplatz. Nr. 3 nutzt die Chance des bereits geöffneten Jägerzauntors, fährt hindurch, hält dahinter an. Öffnet die Fahrertür, steigt aus, schließt das Tor, fährt davon. Die Schaulustigen entfernen sich. Die Abschleppwagen haben sich entfernt, die Polizei entläßt den Edel-Sportwagenbesitzer. Kurz darauf parkt ein gelber Volvo die Hofeinfahrt gegenüber halb zu. Man kann sich nicht beschweren, es ist doch manchmal etwas los in unserer kleinen Straße. Wozu wohnt man sonst in Berlin?

Ave-Maria

Es war noch sommerlich warm, als wir in Berlin ankamen. Das Laub der Platanen entlang der Alleen zeigte erste Braunverfärbungen, und die Großstadtbewohner schienen von der seit Wochen andauernden Hitze erschöpft, sie trotteten träge wie müde Tragtiere über ihre breiten Trottoirs.

Die Tage waren zwar schon deutlich kürzer, doch in den Nächten kühlte es sich noch nicht ab. So konnten wir in unserem mobilen Schlafzimmer übernachten. Tagsüber parkten wir es meist am Rande des Tiergartens, nachts fuhren wir an einen der Seen bei Potsdam und lauschten um Mitternacht dem silbrigen Schlagen der Nachtigallen. So ließen sich das Großstädtische und das Romantische, das Olga wie alle Russen so liebte, miteinander verbinden. Die einzigen wesentlichen Kosten, die uns entstanden, waren die für Diesel und Wein.

Olga war Russin, was gerade in Berlin kein Alleinstellungsmerkmal sein würde. Sie konnte singen, das konnten andere aber auch. Und ich hatte nach sechs Semestern das Studium der Betriebswirtschaft abgebrochen, besaß einen Laptop und einen in die Jahre gekommenen Mercedes. Es war ein ehemaliger Leichenwagen, den ich zu unserer ambulanten Wohn- und Schlafstätte umgebaut, äußerlich aber weitgehend unverändert gelassen hatte. Noch nie war uns der Wagen aufgebrochen worden. Wer möchte schon zu einer Leiche ins Auto kriechen? Und wenn auch keine mehr drin lag, so mußten doch in einem solchen Vehikel unzählige Tote transportiert worden sein. Das dieser Blechhülle innewohnende Memento mori schien sich zudem wie ein kostenloses Aphrodisiakum auf unsere Liebe auszuwirken. Einmal hatte ich den Gedanken, aus der Aufschrift Bestattungshaus Begattungshaus zu machen, doch versagte ich mir diesen Scherz mit Rücksicht auf Olga.

Mit meinen Eltern war es zum Bruch gekommen, als ich das Studium geschmissen hatte. Daß ich mir dann den Leichenwagen zulegte, um mit einer zweifelhaften russischen Sängerin herumzuziehen, empfanden sie als weitere Provokation. Kurzerhand stellten sie alle Zahlungen ein.

Da Olgas Eltern in Usbekistan lebten, waren wir auf uns selbst gestellt. Olga besaß zwar das Abgangsdiplom eines Taschkenter Konservatoriums, aber das nützte ihr in Deutschland so viel wie ein Angelschein in der Wüste. Fast niemand wußte, wo Taschkent überhaupt lag. Zu groß war die Konkurrenz von russischen Musikern, die in Deutschland schon in Orchestern und auf der Straße spielten. Auf der Soll-Seite unserer Vermögensbilanz verzeichneten wir also einen breiten Balken, auf der Haben-Seite gab es einen dünnen, zittrigen Strich, vielleicht konnte ich noch meine alte Gitarre als Habenposten verbuchen. Sie hatte immerhin sechs Saiten, und meistens war sie gestimmt. In gewisser Hinsicht taugte sie mehr als ein Klavier, denn sie paßte ins Auto, und spielen konnte man damit überall. Womit ich nicht sagen will, daß ich ein großer Gitarrist bin. Ich bin Autodidakt und kenne drei Akkorde. Was ganz gut klappte, war die Begleitung von Olgas Stimme. Und sie hatte wirklich eine außergewöhnlich warme Stimme. Sie könnte eine neue Callas sein oder wenigstens Maria Farandouri. Wir hatten ein paar russische Volkslieder eingeübt: Kalinka, Raszvetali jabloni da gruschi und Kasatschok. Ein echtes Zugeständnis für Olga, die normalerweise Rachmaninoff und solche Sachen spielte oder Kunstlieder sang. Aber der große deutsche Publikumsgeschmack lag da eher nicht. Rachmaninov hielten bei uns viele eher für einen robusten Hustenlöser als für einen Komponisten.

Ein klares Konzept, das muß ich zugeben, hatte ich nicht. Olga verließ sich auf mich, ich hatte ihr zwar gestanden, daß ich das Studium abgebrochen hatte. Aber ich vermied es, den Eindruck zu erwecken, als wisse ich nicht, wo es langginge. Wenn es Schwierigkeiten gab, pflegte Olga zu sagen:

„Du bist Deutscher, du wirst das schon machen."

Ich weiß nicht, ob Olga meine Lage richtig einzuschätzen vermochte. Jedenfalls glaubte sie, was in Rußland viele glauben: Daß die Deutschen alles können. Jeder Deutsche ist in ihren Augen ein geborener Ingenieur. Schön, daß sie dieser Meinung waren, ich wiederum war von Olgas Talenten überzeugt. Was ich nicht wußte – wie lange sie dieses Leben noch mitmachen würde, dessen Reiz in Freiheit und Romantik lag, solange das Wetter mitspielte. Ob sie wirklich glaubte, ich könne ihr zu einer wie auch immer gearteten Karriere verhelfen, gar ein eigenes Unternehmen auf die Beine stellen?

An den Abenden probten wir an unserem See ein paar Lieder für den Einsatz in der S-Bahn, besonders das Ave-Maria. Nachdem wir es ein paar Mal recht gut aufgeführt hatten, ernteten wir unerwarteten Applaus. Und ich stellte fest, daß auf unserer Wiese am See mehr Leute lagen als vorher. Dies hatte unmittelbar mit unserem allabendlichen Üben zu tun. Der letzte Beweis war erbracht, als ich eines Abends in meinem Gitarrenkoffer, der geöffnet in der Nähe unseres Wagens gelegen hatte, einige Münzen vorfand.

Für unser ambulantes Spiel schienen uns die Berliner Ringbahn und die Strecke vom Alexanderplatz nach Wannsee am geeignetsten. Wir fuhren also wie immer zum Tiergarten, parkten unser Auto in der Nähe der S-Bahn. Wir hatten uns gut vorbereitet. Ich hatte ein ungebügeltes, aber im See frisch gewaschenes Hemd angezogen. Olga war nach russischer Art geschminkt. Ihr langes schwarzes Haar trug sie zu einem Pferdeschwanz hochgebunden. Braungebrannt, mit enger weißer Bluse, kurzem Rock und minimalistischen Sandalen an den Füßen sah sie hinreißend aus, besser als die Jungfrau Maria, die ja von Kirchenmalern daran gehindert worden war, auf ihren zigtausendfach gemalten Porträts jemals wie eine attraktive Frau auszusehen.

Kaum hatte unsere S-Bahn den Bahnhof Zoo verlassen, passierte etwas Unerwartetes. Jemand fing an zu singen. Das war nicht weiter schlimm. Aber er intonierte das Ave-Maria, und zwar auf Russisch. Man hörte gleich, daß dieser Mann eine Stimmausbildung besaß.

Er sang die Schubertsche Version, aber es blieb das Ave-Maria. Ungeheuerlich, er sang unser Stück, er stahl uns die Schau! Kaum zu hören und nicht sehr gut, drangen auch ein paar Gitarrentöne an mein Ohr. Ich schaute Olga an, sie schaute mich an. Waren wir am See belauscht, beobachtet worden von arbeitslosen ehemaligen Mitarbeitern des russischen Geheimdienstes? Ich sah unsere Felle wegschwimmen. Olga war blaß geworden unter ihrer Schminke. Mir fielen sofort betriebswirtschaftliche Szenarien ein: Wir konnten mit dem Sänger kooperieren in der Hoffnung, daß ein Duo noch größeren Erfolg generieren würde, den man dann natürlich teilen müßte. Man konnte sich den Markt aufteilen. Der eine beschränkte sich auf den Osten, der andere auf den Westen. Die dritte, man kaufte den Konkurrenten auf und brachte ihn so zum Schweigen, blieb uns mangels Masse verwehrt. Doch meine Theorien zerschellten schon im nächsten Moment an der Realität, das Duo verließ den Waggon beim nächsten Halt.

Auch wir stiegen bei der nächsten Gelegenheit um und fuhren mit dem Gegenzug zurück. Wir beschlossen, trotz dieser entmutigenden Erfahrung unser Glück noch einmal zu versuchen. Irgendwo zwischen Westkreuz und Savignyplatz gab ich ein Zeichen, und Olga hob an zu singen. Sie sang wie immer sehr gut, schon die ersten drei Takte mit dem gedehnten

Ave-Maria, von Olga wunderbar weich intoniert, mußten einem normalen Menschen ans Herz greifen. Die Bahn war nicht sehr voll, so daß ich die Gesichter der Mitreisenden trotz meiner Aktivität an der Gitarre beobachten konnte. Die meisten Fahrgäste schienen so gut wie keine Notiz von unserem Auftritt zu nehmen, sie starrten aus dem Fenster oder auf ihr Display, niemand nahm unserer Darbietung wegen seine Kopfhörer ab. Nur ein paar Leute blickten kurz auf, dann kehrten sie zu ihrer jeweiligen Beschäftigung zurück. Als ich schließlich mit einem Hut herumging, warfen nur drei Leute ein paar Münzen hinein. Enttäuscht verließen wir die Bahn. Hier Geld verdienen zu wollen, erschien uns so aussichtsreich, wie beim Jobcenter nach Arbeit zu fragen. Wahrscheinlich wäre es leichter, Rundfahrten für Touri-sten anzubieten à la: Berlin vom Sarg aus gesehen.

Unserer Ernüchterung versuchten wir an diesem Abend am See mit Wein entgegenzuwirken, der Abendhimmel spulte in Zeitlupe seinen versöhnlich stimmenden Farbfilm ab, schließlich überließen wir uns unseren Träumen in unserem Bett auf Rädern.

Da wir immer an derselben Stelle standen und unser Wagen unübersehbar war, kannten uns mit der Zeit wahrscheinlich viele Leute, die auch zum Baden kamen oder nur vorbeifuhren. Eines Morgens, wir lagen noch in unseren Schlafsäcken auf der Ladefläche, klopfte es an die Scheibe.

„Sind wir im Land der Frühaufsteher?", sagte Olga.

„Nein, das ist Sachsen-Anhalt, wir sind hier in Brandenburg."

„Vielleicht ist es dann ein Sachsen-Anhalter, der in Brandenburg Urlaub macht?"

„Egal", sagte ich. „Wir stehen ja nicht im Halteverbot. Das gibt sich."

Doch Olga wollte, daß ich nachsähe.

Also schob ich die Rüschenvorhänge am großen Seitenfenster auseinander und linste durch die getönte Scheibe. Da stand eine Frau mittleren Alters, auffällig geschminkt, mit einem geblümten Kopftuch und gekleidet, als sei sie zu einer Festlichkeit unterwegs. Sie war von ihrem Rad gestiegen, auf dem Gepäckträger war ein großer Korb befestigt.

„Was ist los?", flüsterte Olga.

„Vielleicht will uns jemand etwas verkaufen. Gemüse und Obst aus dem eigenen Garten. Das ist ja hier so üblich."

„Dann kann sie ja warten", sagte Olga.

„Ich legte mich wieder zurück und kuschelte mich an."

Da klopfte es erneut und jemand sagte: „Hallo, ist da jemand?"

„Na ja", sagte ich, wickelte mich endgültig aus dem Schlafsack und zog mir eine Hose an. „Ich habe das Gefühl, die werden wir so nicht los."

„Sie geht", sagte Olga.

Doch die Frau ging nur nach vorne zur Fahrerseite, dann sah ich, wie sie etwas unter den Scheibenwischer schob.

„Hoffentlich kein Strafmandat", sagte Olga und richtete ihre Haare zu einem Zopf.

„Sie sieht eigentlich nicht so aus wie eine vom Ordnungsamt."

„Vielleicht sehen sie hier sonntags so aus. Eine Art Tarnkleidung, Früher hatten sie ja auf dem Gebiet was drauf."

„Das werden wir gleich sehen." Ich schwang mich auf den Vordersitz und öffnete die Tür.

„Darf ich Sie fragen, was Sie an unserem Wagen machen?"

„Oh, entschuldigen Sie bitte", sagte die Frau und wich erschrocken zurück, denn ich war noch nicht gekämmt und ohne Hemd.

„Ich habe nur meine Telefonnummer hinterlassen, ich wollte Sie fragen, ob Sie eventuell Aufträge annehmen."

„Aufträge? Was denn für Aufträge?"

„Na ja, mit Ihrem Auto."

„Was stellen Sie sich denn vor?"

„Das ist doch ein Leichenwagen, oder?"

„Ja, schon, aber Leichen transportieren wir keine mehr damit."

„Ich bin hier vorbeigefahren, als gerade Ihre Frau gesungen hat. Es war doch Ihre Frau?"

„Sie ist meine Freundin, aber egal."

„Ich habe gedacht, vielleicht könnten Sie ein Begräbnis für mich machen."

„Wir, ein Begräbnis? Ich bin kein Pfarrer und Olga keine Bestatterin."

„Na ja, ich meine, ich habe gedacht, vielleicht würden Sie für eine kleine Summe... Ich bin gar nicht in der Kirche, ich brauche das alles nicht, Hauptsache, Ihre Freundin singt."

Ich bemerkte, wie Olga inzwischen auf den Fahrersitz gekrochen war und interessiert aus dem Fenster schaute. Sie schien sagen zu wollen: Laß sie mal erzählen.

„Da müssen Sie schon konkreter werden."

Sie wandte sich um, als sei da noch jemand, der zuhören würde, dann sagte sie: „Ich habe meinen Mann dabei."

„Ihren Mann? Wo ist er denn?"

„Im Korb."

„Wo?"

„Er ist in der Urne, die ich im Korb habe."

Ich schaute zu Olga. Olga nickte zustimmend.

„Also was wollen Sie genau?"

„Ich habe mir vorgestellt, wir bringen die Urne in den Wald, und Ihre Frau singt das Ave-Maria dazu. Das hat mich so berührt. Das hätte meinem Mann auch gefallen. Mein Mann stand ja schon länger bei mir im Wohnzimmer auf dem Schrank, aber ich wußte nicht, wie ich ihn begraben sollte. Ein normales Begräbnis ist mir zu teuer."

Ich sah, wie Olga nickte. So ermutigt, sagte ich:

„Ich habe keine Ahnung von Begräbnissen, aber wenn es nur darum geht, daß meine Freundin singt... Was meinst Du, Olga?"

„Ich würde gerne für Sie singen. Sie sagen uns Bescheid, wann es Ihnen paßt."

„Na ja, am besten gleich, dann muß ich meinen Mann nicht erst wieder mit nach Hause nehmen." Und sie fügte hinzu: „Ich heiße Jessica."

„Schön, Jessica, kommen Sie in einer Stunde wieder, wir machen uns fertig, dann können wir losfahren. Wo soll das Begräbnis denn stattfinden?"

„Ich kenne eine Stelle im Wald, dahin dauert es mit dem Fahrrad eine halbe Stunde."

„Wir können ja zusammen hinfahren, das ist vielleicht einfacher."

„Gut, dann lasse ich das Fahrrad hier stehen und gehe solange zum See."

Genau nach einer Stunde tauchte Jessica wieder auf. Wir einigten uns auf einen Betrag von 100 Euro, alles inklusive und ohne Rechnung. Ich ließ Jessica auf dem Beifahrersitz Platz nehmen, Olga kroch nach hinten, Jessica hielt die Urne auf dem Schoß, eine dunkle Keramikvase mit einem flachen Deckel. Er war bezogen mit einem schwarzen Wollüberzug mit weißen Buchstaben, die sich bei genauerem Hinsehen als Sandro deuten ließen. Jessica hatte sogar an einen Klappspaten gedacht, den sie in den Fußbereich legte.

„Das hätte ich nicht gedacht, daß dieser alte Leichenwagen noch einmal seine ursprüngliche Funktion ausüben würde", sagte ich und startete.

Wir fuhren über schlechte Straßen durch den herrlichen märkischen Kiefernwald, ab und an blitzte durchs Gebüsch das Auge eines Sees auf. Jessica hielt ihre Urne fest umarmt, Olga summte auf der Ladefläche ein russisches Lied.

„Wenn alle Begräbnisse so wären wie dieses", sagte ich, „könnte ich auch Bestattungsunternehmer werden."

„Die Nachfrage wäre jedenfalls da", sagte Jessica, „diese teuren Begräbnisse kann sich ja bald niemand mehr leisten. Sie können sich nicht vorstellen, wie lange es gedauert hat und welche Umwege ich machen mußte, bis ich die Asche meines Mannes endlich zu Hause hatte."

„Das klingt spannend", sagte Olga von hinten.

Sie hatte ihren Satz kaum vollendet, da mußte ich eine Vollbremsung machen, weil eine Wildsau mit ihren Jungen die Straße kreuzte.

Jessica schrie, „mein Gott, die Urne!" Sie hatte sie nicht festhalten können. Es krachte, die Urne prallte gegen das Handschuhfach, die Scherben flogen in den Fußraum, eine Aschewolke hüllte uns ein.

„Ist was passiert?", fragte Olga erschrocken, die von hinten bleich in die Fahrerkabine schaute.

„Ich glaube nicht. Wildschweine. Zum Glück haben wir keins erwischt, aber die Urne ist hin und schau, die Asche. Was machen wir jetzt? So können wir Ihren Mann nicht beerdigen."

„Wir könnten zu einer Tankstelle fahren", schlug Olga vor, „da gibt es Staubsauger."

„Und dann ist mein Mann in der Tankstelle beerdigt", sagte Jessica mit einem Anflug von Empörung. „Das geht nicht."

„Aber wie sollen wir die Asche sonst hier heraus-
kriegen?"

„Am besten Sie bringen mich nach Hause, ich
habe einen Tischstaubsauger. Notfalls beerdige ich
ihn dann in einem Staubsaugerbeutel. Machen Sie
sich keine Sorgen, ich reinige Ihren Wagen sorgfältig.
Und bitte klopfen Sie sich nicht ab, ich will soviel
Asche wie möglich zusammenkriegen."

Unwillkürlich fuhr ich mir mit dem Finger über
die Stirn. Der Finger war bedeckt von schwarzen
Partikeln. Mir die Lippen zu lecken, traute ich mich
nicht, ich hatte keine Ahnung, ob mir Sandros Asche
auf den Magen schlagen würde. Die Rückfahrt verlief
schweigend, nur Olga summte wieder ein russisches
Lied. Ich war mir unsicher, ob unsere Zukunft im alternativen Bestattungswesen liegen würde.

Die Bärenfalle

Manche meiner Freunde stehen auf Café Keese, manche stehen auf Kontaktanzeigen, manche machen Club-Urlaub. Ich stehe auf Kontaktanzeigen, weil man da von vornherein bestimmte Dinge ausschließen kann. Dabei gehe ich vor wie ein durchschnittlicher Schulmediziner, der seine Diagnose immer so beginnt:

„Also ein Lungenkarzinom können wir ausschließen, Tuberkulose ist es auch nicht, Wasser haben Sie auch nicht in der Lunge, keine Allergie", und so weiter, bis er schließlich sagt:

„Sie haben einen ganz gewöhnlichen Husten."

Er nennt das Ausschlußverfahren, und ich habe mir erlaubt, dieses schulmedizinische Verfahren auf mein Beziehungsleben anzuwenden. In meinen Kontaktanzeigen schließe ich Raucherinnen aus, Intellektuelle, Magersüchtige und Frauen mit Haustieren.

Die letzte, die ich kennengelernt hatte, besaß einen Hund, einen Dobermann. Nicht nur, daß er mir ständig in die Schuhe pinkelte und meine Socken verschleppte. Einmal war ich, kurz nachdem wir uns kennengelernt hatten, nachts aufgestanden und aufs Klo gegangen. Danach trat ich noch auf den Balkon, weil der Mond so schön schien. Als ich zurückwollte, stand der Dobermann in der Tür und knurrte. Wenn ich mein Handy dabeigehabt hätte, hätte ich die Feuerwehr geholt, so mußte ich bis zum Morgengrauen in der Kälte ausharren. Mein Arzt diagnostizierte, nachdem er alles andere ausgeschlossen hatte, eine schwere Bronchitis, hervorgerufen durch Unterkühlung.

Durch meine Kontaktanzeigen habe ich erfahren, daß Frauen ihre Haustiere über alles lieben. Sie suchen eigentlich einen Partner für ihr Haustier. Sie sollten ehrlicherweise die Eigenschaften ihrer Haustiere in der Anzeige nennen. Trotzdem gebe ich weiter Anzeigen auf und beantworte auch welche. Es ist immer wieder interessant, einem neuen Menschen zu begegnen, und wer weiß, am Ende findet man doch noch jemanden, der zu einem paßt.

Einmal war ich ziemlich nahe an einem Volltreffer.

Es ist sogar etwas zurückgeblieben aus jener Beziehung. Ich besitze seitdem ein Zelt, ein Zweimann-Zelt, ich sollte wohl besser sagen, ein Zweipersonen-Zelt. Damit ist man auf der sicheren Seite, denn manche Frauen sind, was feminine Linguistik angeht, äußerst sensibel.

Ich mache in meinen Anzeigen stets darauf aufmerksam, daß ich naturverbunden bin und gerne reise. Einmal hatte ich auf ein wichtiges Ausschluß-kriterium verzichtet. Ich hatte Reisen als Hobby angegeben, hätte Abenteuerurlaub jedoch besser ausgeschlossen. So aber geriet ich an Hermine. Die Sache mit Hermine ließ sich zunächst gut an. Wir trafen uns im Café Richter, einem gemütlichen Café in der Nähe vom Kudamm im alten Stil mit guten Torten. Ein herrlicher Treffpunkt für solche Gelegenheiten. Ich habe manchmal den Verdacht, daß die Paare, die dort Kaffee trinken gehen, sich alle über eine Kontaktanzeige kennengelernt haben.

Als Erkennungszeichen gebe ich stets eine Baskenmütze an. Das verbirgt einesteils den Ansatz meiner Glatze, andernteils macht es einen interessant. Eine Baskenmütze ist eine gute Projektionsfläche: Darunter kann man sich einen Intellektuellen vorstellen, einen Alternativen, einen Künstler bis hin zum okkulten Anthroposophen.

Ich bin übrigens Drehbuchautor, mein Hobby ist die Psychoanalyse, was ich in meinen Anzeigen verständlicherweise nicht angebe. Niemand bekennt sich gerne öffentlich zu Neigungen, die Angst auslösen oder Ablehnung provozieren. In der Regel setze ich mich ohne Mütze ins Café, nur wenn mir die Person zusagt, setze ich sie auf.

Die erste Begegnung mit Hermine verlief sehr positiv. Daß sie bereits Mitte vierzig war, sah man ihr nicht an. Volles rotes Haar, üppig (das war viel mehr als ich erwartet hatte, denn ich hatte eigentlich nur Magersucht ausgeschlossen), geschminkt, Pumps. Kurzum, eine Frau in den besten Jahren. Sie hatte die sexuelle Revolution miterlebt, Wilhelm Reichs Studie über den Orgasmus gelesen, da konnte ihr also kein Mann etwas vormachen, hatte bei Bhagwan hospitiert und war eine Zeitlang von Seymours Bestseller „Auf dem Lande leben" fasziniert. Derzeit vertrieb sie im Internet ein südamerikanisches Wundermittel für Vitalität und war darüber hinaus bei Greenpeace aktiv.

Seymours Landleben, da war es ihr wie mir ergangen, war eine Utopie geblieben, über Radieschen und

Petersilie im Blumenkasten war sie nicht hinausgekommen. Sie war nicht von Berlin weggekommen genau wie ich und hatte schon in vielen Bezirken gewohnt. Genau wie ich konnte sie sich vorstellen, in absehbarer Zeit wieder umzuziehen und später Berlin ganz zu verlassen. Gerade fand sie Berlin wieder spannend, und ich auch – wegen Hermine.

Bei unserem ersten Treffen wählte sie Schwarzwälder Kirsch genau wie ich und behauptete, sie könnte sie auch selber backen. Kuchengabel um Kuchengabel, ihr roter Mund rundete sich dabei wie eine Schwarzwaldkirsche, erzählte sie mir dann von ihren Reisen: Sie hatte den Amazonas mit einem Eingeborenen in einem Einbaum befahren, den Jaguar von der Hängematte aus brüllen hören, die Wüste Gobi auf einem Kamel durchquert, und sie liebte Wildwasserrafting. Ihr nächstes Projekt, – alles was sie machte, waren Projekte –, war Kanada. Ob ich da Erfahrung hätte. Ich sagte, in Kanada sei ich allerdings noch nicht gewesen und tat interessiert, um sie von der Tatsache abzulenken, daß ich vergleichbare Abenteuer überhaupt nicht aufzuweisen hatte, im Gegenteil. Ich war lediglich den Rennsteig im Thüringer Wald gewandert, und zwar langsam, obwohl er ja Rennsteig heißt, ich hatte eine kleine Klettertour durch die sächsische Schweiz gemacht und war verschiedentlich zur Hirschbrunft in den Harz gefahren, die allerdings nicht ohne ist, was jeder bestätigen kann, der sie aus nächster Nähe erlebt hat.

Immerhin, Hermine und ich besaßen Gemeinsamkeiten, unsere Begegnung war nicht die letzte. Wir verabredeten uns wieder, gingen mal ins Kino, tranken Wein am Savignyplatz, genossen Sonnenuntergänge an der Spree. Hermine blieb ein verlockendes Versprechen, wenn es auch vorläufig zu keinem körperlichen Kontakt kam. Natürlich hatte ich es nicht lassen können, ihre Abenteuerreisen psychoanalytisch zu deuten. Auf Grund ihrer wilden Vergangenheit vermutete ich, daß die sexuelle Reizschwelle für sie besonders hoch lag. Vermutlich höher als die Barrikaden, die sie während der sexuellen Revolution niedergerissen oder übersprungen hatte.

Der Sommer näherte sich, Hermines Kanadapläne nahmen Gestalt an. Sie fragte mich, ob ich keine Lust hätte mitzukommen. Gerade unter Extrembedingungen lerne man sich am besten kennen. Sie schwelgte in Bildern von Redwoods, von Dallschafen, Wapitis, Weißkopfadlern, Lagerfeuern und Grizzlys, die sie, im Zelt schlafend, umschleichen würden.

Hermine schien eine leidenschaftliche Abenteuerreisende zu sein. Ich kam ins Grübeln, dachte an unglücklich ausgegangene Begegnungen von Menschen mit Grizzlys, an die Folter durch Mückenschwärme, an die Kosten einer solchen Reise. Mußte das wirklich sein? Warum tat ein Mensch sich so etwas an? Reichte es nicht, zu einer gut organisierten Hirschbrunft in den Harz zu fahren?

In der Nacht hatte ich einen Traum: Ich lag mit Hermine in einem Zelt in der Wildnis. Um das Zelt schlich ein Bär, der furchterregende Laute von sich gab. Je mehr der Bär brüllte, umso erregter wurde Hermine. Sie warf sich schließlich auf mich und brüllte wie ein Bär: „Los, komm, jetzt! Mach, mach mir den Pelz naß!"

Das war eindeutig, offen und völlig unverstellt. Ich jedoch lag da, völlig unfähig, mich zu rühren.

Beim morgendlichen Rasieren setzten meine psychoanalytischen Reflexe ein. Wie von selbst setzten sich die Traumdeutungsstückchen zu einem Puzzle zusammen: Meine Reaktion war eindeutig die eines Totstellreflexes gewesen, ein Urinstinkt aus den Zeiten, als die Männer noch Jäger waren und sich dem Höhlenbären, dem Säbelzahntiger und anderen Raubtieren stellen mußten. Das andere, die unverhüllte sexuelle Aufforderung, ein Angstszenario, stammte aus der sexuellen Revolution. Eingekleidet in einen tierischen Kontext, mußte es bei einem homo sapiens der Hochzivilisation zur Impotenz führen. Es gab schwierigere Träume.

Das Rasierwasser, mit dem ich meinen Hals betupfte, wirkte wie eine abschließende Erleuchtung. Auf einmal verstand ich Hermines Abenteuerreisen:

Allein in einem Einbaum mit einem Eingeborenen – ein klareres Penissymbol als einen Einbaum konnte es nicht geben, der Jaguar als auslösender Orgasmuskitzel, Dauerritt auf einem Kamel, war das nicht ein Dauerorgasmus, der Wunsch, einem Grizzly in einem Zelt nah zu sein...? Ich erkannte eine klare interpretatorische Linie: Hermines Libido hatte sich wahrscheinlich durch die sexuelle Revolution auf eine anomale Trieb-Ebene verschoben.

Meine alte therapeutische Leidenschaft war erwacht. Ich sah plötzlich einen Weg, Hermine und mir den Umweg über Kanada zu ersparen.

Ich besorgte mir ein Bärenfell bei einem Trödler, kaufte ein Zelt und baute es in meinem Wohnzimmer auf. Beschwingt ging ich in einen Supermarkt, zog einen herrlichen alten Bordeaux aus dem Regal, fand eine tiefgekühlte Schwarzwälder Kirschtorte. Dann lud ich sie ein, am Samstagnachmittag zu mir zu kommen. Als besonderen Gag hatte ich mir überlegt, Hermine an der Tür im Bärenfell zu empfangen. Ich probierte das Kostüm einige Male an, natürlich war ich darunter nackt, schon wegen der Hitze, betrachtete mich im Spiegel und wartete, bis es klingelte.

Dann öffnete ich die Tür und brüllte wie ein Bär.

Ich hatte noch nicht ausgebrüllt, da spürte ich einen brutalen Schmerz am Unterschenkel und lag am Boden.

Ich wußte nicht, daß Hermine seit Wochen an einem Kurs teilnahm: Wie wehre ich mich gegen einen Grizzly?

Hermine war so nett, mich ins Krankenhaus zu bringen. Dort diagnostizierte man einen glatten Bruch. Natürlich konnte ich nicht mit nach Kanada reisen. Sowieso wollte Hermine mit mir nichts mehr zu tun haben. Sie meinte, ich müsse schwer gestört sein. Das hätte sie noch nie erlebt, daß sie jemand nackt, nur mit einem Bärenfell bekleidet, zu überfallen versuchte.

Meine nächste Kontaktanzeige würde ich anders formulieren. Immerhin, vielleicht konnte ich aus dem

Desaster noch ein Drehbuch machen. Ich dachte an einen Titel wie „Die Bärenfalle" oder so ähnlich.

Jenseits von Berlin

Anekdote vom Strand

So wie es Nesthocker und Nestflüchter gibt, gibt es auch Strandhocker und Strandflüchter. Ich rechne mich zu den letzteren. Für einen Mittelmeerbewohner eine schwierige Situation, denn der Strand vor Augen läßt sich ebenso wenig ignorieren wie der nahezu immer blaue Himmel über dem Kopf. Ich bin also beinahe täglich gezwungen, über meine Haltung nachzudenken, gerate beinahe täglich in einen Konflikt: Soll ich den Strand suchen oder soll ich ihn meiden? Dabei erinnere ich mich gelegentlich an meine Kindheit. Wie gerne ich im Sand am Meer gespielt hatte, während meine Mutter im windumzausten Strandkorb an der Nordsee saß und ihre Bleyle-Hose bis zum Knie hochgekrempelt hatte. Welche Sandburgen hatte ich errichtet, welche Schlösser, welche Kunstwerke geschaffen, welche Kreise gezogen! Was war von ihnen geblieben? Nichts. Alles im Sande zerronnen, von den Wogen des Meeres weggespült.

Und nun bin ich erwachsen, lebe an der Costa Dorada und hasse den Strand. Obwohl unter und neben den dort lagernden Sommersonnenanbetern immer noch genug Sand für mich zum Burgen bauen da wäre. Doch nein, ich werde keine Burgen mehr bauen, keine Wasserschlösser mehr errichten, keine

Kreise mehr in den Sand ziehen. Die Kindheit ist vorbei. Ich spiele – mit den Fingern nervös auf der Tischplatte, auf Hartplätzen, an Bildschirmen, an der Börse, mit Fluchtgedanken ...

Im Grunde hasse ich auch nicht den Sand, nicht das Wasser, die Palmen. Was ich hasse, ist der Strandzirkus des Sommers mit seiner grotesken Vorstellung: Seiner unerhörten Fleischbeschau, der Zusammenballung von nackten Körpern, die die Gelage von Walroßherden bei weitem übertrifft, dem Verlust an Schamgefühl, der Zurschaustellung von Falten, Furchen, Buckeln, Bäuchen, von Ärgerem zu schweigen – und ich fahre doch hin. Gegen meine Überzeugung. Aber mit Olivia. Sie ist eine durch mich behinderte Möchtegern-Strandhockerin, die unermüdlich versucht, mir die positiven Seiten des Sommerstrands schmackhaft zu machen, und ich staune über ihre beredte Logik:

„Schau", sagt sie. „Das Ganze ist so harmlos. Wer im Sand liegt, tut nichts, weder Gutes noch Schlechtes. Er liegt da und schwitzt, er atmet ein und aus. Wer im Sand liegt, fährt auch nicht mit dem Auto! Und wenn man daran denkt, was alle diese Millionen und Abermillionen von Menschen tun könnten, wenn sie nicht im Sand lägen..."

„Nicht auszudenken!", rufe ich.

„Doch", sagt sie, und um meine Einstellung nachhaltig zu verändern, entwickelt sie ein Horrorszenario:

„Stell dir vor, die Strandhocker würden stattdessen in ihrer Freizeit töpfern. Man könnte nirgendwo mehr hintreten, von der Costa Brava bis Cádiz, alles stünde voller Töpfe und Schalen und Schüsseln und Vasen und Tassen und Putten und Platten und Pötten. Oder, schlimmer noch, die Sonnenanbeter würden, statt ruhig im Sand zu liegen, Blockflöte lernen. Kein Mensch könnte ohne Oropax mehr frei herumlaufen. Man würde verrückt vor Blockflötenmusik, man würde die Wände hochgehen, die es aber in der freien Natur nicht gibt. Man würde deshalb ziellos in der Gegend herumschwirren wie die Spatzen in China, die durch millionenfaches Händeklatschen aufgescheucht wurden und schließlich zu Fall und ums Leben kamen. Die Blockflötenmusik könnte unser aller Ende bedeuten."

„Hör schon auf", sage ich. „Ich gebe dir ja Recht."

Denn ich hasse Blockflötenmusik beinahe noch mehr als Sommerstrände. So gesehen, bin ich nun beinahe glücklich, die Menschen im Sand liegen zu sehen. Und keiner spielt Blockflöte!

Außerdem, gibt es etwas Friedfertigeres als Menschen, die im Wasser spielen oder im Sand sitzen und ihren Bauch von der Sonne bescheinen zu lassen?

Natürlich nicht, das ist viel besser als Bürgerkrieg, es hat, wenn man es recht besieht, vielleicht sogar etwas Buddhistisches. Denn was hat Buddha anderes getan als dazusitzen, zu lächeln und seinen Bauch zu entspannen. Das war viel überzeugender als alle seine Reden. Sind dann nicht am Ende alle Strandhocker verkappte Buddhisten? Ist der Strand ein Weg zum Frieden, bin ich am Ende ein Friedensgegner?

Mit solchen Gedanken im Kopf werde ich zum Strand gefahren.

Natürlich finden wir zuerst keinen Parkplatz und zuletzt doch. Jemand fährt aus einer Parklücke. Ein Strandflüchter? Ein kleiner Seufzer entringt sich meiner Brust. Und mit einem Anflug von Neid schaue ich dem entschwindenden Fahrzeug nach. Wenn es nur nicht so langweilig wäre am Strand.

Als ob Olivia meine Gedanken erraten hätte, sagt sie:

„Mit einer positiven Grundeinstellung kannst auch du dem Strand etwas abgewinnen. Schau, die schönen Palmen, die Schiffe, die schönen Menschen."

Schöne Menschen?

„Machen wir erst einen Gang am Strand, bevor wir einen Kaffee trinken", sagt Olivia und schaut mich aufmunternd an.

„Na gut, wenn du meinst, daß wir durchkommen", brummele ich vor mich hin, aber ich folge ihr und ermuntere mich mit einem forschen: „Vamonos a la playa!"

Die Strandverhältnisse sind gewöhnlich noch schwieriger als die Straßenverhältnisse im Küstenbereich zwischen Barcelona und Tarragona, die wir mit Mühe hinter uns gelassen haben. Tief gestaffelt, in ungefähr einem Dutzend Liegereihen, zwischen denen sich der Sand staut, liegen die, die vorher nur vierspurig auf der Autobahn gefahren sind. Es gibt also noch Steigerungen zum Straßenverkehr. Zwischen der Wasser- und Fersenlinie hat sich ein schmaler Pfad gebildet, den wir, mit Blick zum Meer, die Nase in den Wind, entlanglaufen. Manchmal stolpern wir über irgendeinen Knöchel, manchmal verlegt ein Bauchgewölbe den Weg, verstellt ein Busengebirge den Blick. Aber man kommt durch, das ist die Hauptsache. Größere Lücken sind allerdings zwischen den Sonnenanbetern nirgends zu entdecken. Über sechs oder zehn Kilometer stauen sich Liegen, Sonnenschirme, Bälle, Sonnenöl – es gibt entschieden mehr Menschen als Muscheln! Und unter den Strandhockern liegt der Sand. Wir sind in Playa-Land, das einzige Land vielleicht, in dem der Kommunismus tatsächlich verwirklicht ist. Und das ganz ohne Theorie. Es gibt keinen Marx-Engels des Strandkommunismus. Aber dennoch sind fast alle gleich hier. Niemand trägt mehr Kleider am Leib als er braucht, die Unterschiede im Besitz von Sonnenöl und Spielgerät sind so gering wie die Bedürfnisse: Sonne, Luft, Wasser und Sand. Jeder gibt sich mit einer winzigen Parzelle zufrieden. Und ganz zwanglos, locker, obschon leicht eingezwängt von allen Seiten durch seine halb oder ganz nackten Nachbarn.

So mühe ich mich durch den Sand, folge der frischen Mutes voranschreitenden Strandhockerin Olivia, freilich mehr in philosophischer als in philanthropischer Stimmung. Nach wenigen hundert Metern schon, müde geworden vom Anblick von soviel Fleisch-Kommunismus (eine Variante des ungarischen Gulaschkommunismus?) und mit ausgetrockneter Kehle rufe ich:

„Wasser!"

Meine Begleiterin dreht sich um und fragt mich erstaunt:

„Du willst doch nicht etwa schwimmen?"

„Nein", sage ich, „ich muß trinken, ich bin völlig ausgedörrt."

Und sie nimmt Rücksicht auf meinen Zustand, sie kennt meine Strandlabilität. Und so suchen wir, tunlichst bedacht, auf keine der gleißenden Sonne entgegengestreckten Körperteile zu treten, einen Durchlaß durch die fest gefügten Reihen der Sonnenanbeter und finden schließlich in einem Chiringuito, einer Art Strandbar, einen freien Platz. Dies ist nicht schwer. Im Schatten zu sitzen ist bei weitem nicht so begehrt wie ein Platz an der Sonne.

Dennoch genießen wir den Anblick des Mittelmeeres, das, anders als in unserer Heimat die brandenburgischen Gewässer um Berlin mit ihrer philosophischen Tiefe, eher fröhlich stimmt.

Man kann, wenn einen der Anblick der sich im Sand stauenden Hunderten und Aberhunderten von Sonnenanbetern stören sollte, einen Trick anwenden. Denn in der Mehrheit steht man nicht am Strand, sondern man liegt, räkelt sich, aalt sich in der Sonne, steht bis zu den Knien oder Hüften im Wasser, plantscht, spielt, ist ganz Mensch. Vielleicht hätte Schiller seine Freude beim Anblick der Strandmenschen gehabt, vielleicht hätte er seine Spieltheorie hier weiterentwickelt. Es ist durchaus ungewiß, ob er zu den Strandflüchtern oder Strandhockern gehört hätte. Anders als Goethe hat er es jedoch nie bis ans Mittelmeer geschafft.

Das wenigste, was ich noch in diesem Chiringuito tun kann – ich kann meinen optischen Streß verringern durch eine unaufwendige Maßnahme, die jedem gelingen dürfte, der keine Probleme mit Schulter oder Armen hat. Ich will sie gerne verraten. Vielleicht kann ich einem gleichgesinnten Strandflüchter den Aufenthalt am Strand erleichtern:

Man führe den oberen Rand einer auseinandergefalteten Zeitung an den unteren Rand der Sonnenbrille. Eine deutsche Zeitung ist in diesem Fall geeigneter, weil sie viel größer ist als spanische Zeitungen. Sie ist im Sommer unschwer an allen spanischen Stränden käuflich zu erwerben, ob mit bunten Bildern oder ohne. Man halte die Zeitung in der soeben beschriebenen Haltung vor sich und richte dann den Blick dicht über die Spitze des höchsten Strandsonnenschirms meerwärts. Garantiert stellt sich ein Erfolgserlebnis ein: Man hat einen Streifen menschenfreien Meeres mit blauem Himmel vor den sonnenbebrillten Augen. Bis die Arme vom Halten der Zeitung schwer geworden sind, kann man sich bereits ein gutes Stück optischer Erholung verschafft haben.

So sitzen wir also da hinter unseren Zeitungen, ein bißchen erschöpft von der Hitze und der Anfahrt, und schauen aufs Meer. Und in dieser beinahe existenzialistischen Haltung, man erwartet nichts Besonderes, und niemand erwartet einen, man ist einfach nur da, erfreut sich am Dasein, ereignet sich plötzlich etwas. Olivia stößt mich an und sagt:

„Guck mal, da! Was es hier im Süden doch für schöne Menschen gibt!"

Ich lasse die Zeitung sinken, folge ihrem Fingerzeig und bin baff. Ein leibhaftiger Tarzan, nein, *der* leibhaftige Tarzan. Sehe ich einen Film, eine Fata Morgana, bin ich betrunken? Und da ist Jane, kein Zweifel, Jane. Ich habe sie lange nicht gesehen. Wo auch? Deutschland ist kein Ambiente für palmen- und lianengewöhnte Urwaldmenschen.

Hier im Süden treiben sie sich also herum. Ich hätte es mir denken können. Zwar gibt es keinen Urwald, aber Palmen schon, immerhin. Er ist braungebrannt wie Nicaragua-Kaffee und muskulös, Waschbrettbauch, jeder Muskel getrimmt und gewölbt, ein mächtiger Brustkasten, Tarzan eben. Ich rutsche leicht in meinem Sessel zusammen. Ein akuter Ausbruch eines Minderwertigkeitsgefühls?

Tarzan trägt sein Haar offen. Aber nicht hippymäßig, sondern keralogisch durchgestylt: Oben und an den Seiten kurz und im Nacken lang. Und weiter unten, deutlich unterhalb des Nabels trägt er etwas sehr Eigenartiges. Wenn ich mich recht erinnere, lief Tarzan doch immer im Lendenschurz herum? Wie es scheint, hat sich die Urwald-Mode geändert. Unser Strand-Tarzan jedenfalls trägt vorne ein winziges dunkelbraunes Penis-Hoden-Kapüzlein, also etwas, was man einem Jagdfalken normalerweise über den Kopf stülpt. Das Penis-Hoden-Kapüzlein – ich konnte leider nicht herausbringen, ob es von Lagerfeld oder von Versace erfunden war, bei Karstadt habe ich so etwas jedenfalls noch nicht gesehen – war befestigt mit einem fingerbreiten braunen Stoffstreifen, der zur Sicherheit, damit die Jagdutensilien nicht herausfallen, einmal rund um die makellose Taille und schließlich zwischen den beiden Kaffeebohnen hindurchläuft. Ein für jedwede jagdliche Betätigung gut gegürteter Jäger. Die entzückend braun gebrannten, geölten Kaffeebohnen-Pobacken glänzen in der Sonne, und bis auf die Blinden starrt alles, was Augen hat, abwechselnd auf Tarzan und auf Jane. Denn auch Jane hat etwas nicht zu Übersehendes. Nein, es ist nicht der Teint, der anders als bei Tarzan eher in Richtung Melange, sehr helle Tasse geht. Es sind auch nicht die Kaffeebohnen, die, anders als bei Tarzan, von einem unauffälligen Bikiniteil bedeckt sind, das aber so knapp sitzt, daß der Blick sich gar nicht erst auf die Suche nach mehr macht. Auch ihre Haartracht ist eher unauffällig: Mittellanges, dunkles offenes Haar. Nein, bei Jane sind es diese, soll ich sagen, Urwaldgewächse, die, so wie Gott sie geschaffen hat, an ihrem schlanken Oberkörper prangen. Ich habe solche tropischen Früchte, eine Mischung aus Mango und Tango und so puro und maduro, noch nie gesehen. Handelt es sich am Ende hier um transgenetische Formen, um einen Fall gaudianischen, also besten Jugendstil-Wildwuches? Wir sitzen da in unserem Strandcafé wie betäubt von den Reizen des Südens und glotzen, so wie früher in meinem nordhessischen Heimatort die Leute in der sogenannten Glotzgasse aus dem Fenster schauten, nur daß uns das Sofakissen unter den Armen und die Möglichkeit fehlt, sich breit und behäbig auf dem Fensterbrett aufzustützen. Ich glotze mehr auf Jane, Olivia mehr auf Tarzan. Es herrscht Gleichberechtigung. Natürlich glotzen wir nicht primitiv, sondern diplomatisch, so hinter unseren Sonnenbrillen versteckt wie alle anderen, und lassen uns nichts anmerken, heben weiter artig die Tassen zum Lippenrand.

Auf der Promenade vor uns bleiben die Leute stehen. Eine Gruppe von älteren Nordeuropäern, Engländern wohl, steht, als hätte der Blitz sie festgenagelt: „Oh look", heißt es immer wieder, „incredible!"

„Wie begeisterungsfähig die Pensionäre im Süden sind", sage ich zu Olivia.

Einigen der weniger beherrschten Betrachter im Café fällt deutlich die Kinnlade nach unten.

Tarzan und Jane mögen das ahnen oder nicht. Sie wissen jedenfalls, was sie dem Publikum schuldig sind: Sie springen ins Wasser und tändeln und turteln, sie necken sich, hüpfen ein wenig durch die Wellen und tanzen schließlich zum Trocknen ihrer urwüchsigen Körper an der Wasserlinie auf und ab. Schließlich lassen sie sich auf blütenweißen Handtüchern nieder, was die Tönung ihrer Haut noch hervorhebt. Nur einen Gefallen tun sie dem Publikum leider nicht: Tarzan läßt seinen Urwaldschrei nicht vernehmen, und sie machen es nicht in flagranti – weder im Wasser noch im Sand. Dafür aber fängt Tarzan an zu sprechen, er sagt zu Jane, und ich habe es deutlich gehört, denn wir haben auflandigen Wind: „Det Meer hier is echt cool, wa!"

Da haben wir die Bestätigung, die Menschen im Süden sind nicht nur schöner, sie reden auch schöner.

Reise zu Nofretete

Mit dem Kairo für Touristen hatte diese Gegend nichts mehr zu tun. Wir hatten nun auch die endlosen Korridore aus roten Backsteingebäuden hinter uns gelassen und fuhren durch ein Meer aus Nissenhütten mit Abfallhalden, aus denen vereinzelt Palmen herausragten. Das Gebiet war auf keiner Karte, außer vielleicht auf einer des Militärs, verzeichnet. Es gab kein Straßenverzeichnis, weil es keine Straßen gab. Jedenfalls nicht nach westeuropäischem Verständnis. Youssefs Motorrad, eine Simson aus DDR-Zeiten, quälte sich um riesige Löcher herum, über Schotter- und Sandpisten, von denen immer wieder Trampelpfade abgingen, stinkende Abwasserrinnen, an denen entlang sich abgerissene, abenteuerliche Gestalten bewegten und Esel, Schafe, halb verhungerte Kühe.

Mein Auftrag schien leicht: Ein konspiratives Nest in einem Slum von Kairo beobachten.

Mir war dieser Auftrag sehr willkommen, denn ich hatte in Erfahrung gebracht, dass man dort schon mit einer kleinen Summe ein Kind kaufen konnte. Für mich und Jeanette wäre es eine Chance. In Deutschland hatten wir auf Grund unseres Alters keine. Dies, so schien mir, war unsere letzte.

„Soon we arrive", sagte Youssef in seinem reduzierten, aber gut verständlichen Englisch. An einer himmellangen Königspalme, deren im Verhältnis zum Stamm winziger Wipfel im milchigen Blau des

Himmels wogte, bog Youssef ab. Wir holperten entlang an dem, was vielleicht einmal ein Flussarm oder ein Kanal gewesen war, der jetzt ausgetrocknet, aber keineswegs leer war, sondern angefüllt mit Müll der ekelerregenden Art. Die meisten hier lebten vom und mit dem Abfall. Die wenigsten hausten in Lehmbauten, die Masse hatte sich ihre Unterkunft aus Plastikplanen, Platten, Blech, Autoreifen, Knüppeln, Pappe, Latten und Draht zurechtgezimmert.

Youssef fuhr, so zügig es ging, denn wir erregten mit unseren Rucksäcken Aufmerksamkeit. Wir wurden, wenn wir langsam um den überall gestapelten Müll herumkurvten, angefaßt, manche Kinder und Jugendliche liefen eine Weile neben uns her und riefen uns etwas zu.

Irgendwo mußte sich auch die Behausung derer, die ich observieren sollte, befinden. Doch wie sollte ich hier unauffällig fotografieren? Ich mußte mich auf Youssef verlassen.

Ich sah Kinder: Ausgemergelte, dreckige, halbnackte, neben den Fäkalrinnen spielend, auf den Armen ihrer hohläugigen Mütter, deren Magerkeit nur die weiten bunten Gewänder verhüllten, halbwüchsige, freche, bewegungslos auf dem Boden kauernde, die uns laut etwas zuriefen, was ich nicht verstand, Kriminelle, denen ihre Geschichte ins Gesicht geschrieben stand, und erstaunlich fröhliche. Eines von diesen Kindern wollte ich kaufen? Ich erschrak.

Am Ende des übel riechenden Kanals erhob sich ein halbes Dutzend von bizarren Gebäuden, die wie angefressene Hirsekolben aussahen. Massive Bauten hatte ich hier überhaupt nicht mehr erwartet.

„Here live the very rich of the poor", lachte Youssef, „and some of the most criminal."

Beim Näherkommen sah ich, daß es Ruinen waren, Betonruinen. Die Häuser mußten einmal mehr Geschosse gehabt haben. Sie waren entweder abgetragen worden oder nicht zu ihrer endgültigen Höhe gelangt.

Fenster gab es keine, stattdessen Löcher in den Wänden, von denen die meisten mit Plastikplanen verhängt waren.

Das Krad quälte sich nun über eine Sandspur, an der Dornensträucher wuchsen. Im Schatten einer halb vertrockneten Tamariske neben einem Autoskelett lagerte ein Mann im gelben Kaftan, er sah wie ein Hirte aus, seine Augen wirkten glasig. Er kaute etwas.

Youssef winkte ihm zu, er hob kurz den Kopf, in seiner Armbeuge erkannte ich einen Gewehrlauf.

„He is our guard", sagte Youssef.

Er steuerte auf die nächste Ruine zu, die etwas abseits auf einem kleinen Hügel stand. Sie war ringsum von einem Knüppel- und Drahtverhau umgeben. Youssef sah meinen erstaunten Blick.

„Don`t you like the place?"

„Very nice."

Die Eingangstür war mit einer Metallplatte versperrt, gesichert mit Kettenschlössern, die durch die Wände gebohrt waren. Youssef öffnete und bugsierte das Moped hinein. Ein Geruch aus erkalteter Asche, Urin und Viehdung schlug mir entgegen.

„Here we put animals, stolen things and human beings."

„Zeig mir meinen Arbeitsplatz", sagte ich. „Und die Toilette."

Youssef lachte, sein Goldzahn, der einzige Zahn, den er noch im Oberkiefer besaß, blitzte auf: „Die Toilette ist da, wo du willst."

Ich ging hinters Haus. Überall Dung von Tieren und getrocknete Exkremente.

Ich erleichterte mich über einem Haufen von Schafmist, scheuchte damit Myriaden von Fliegen auf und zog gleichzeitig Myriaden von Fliegen an. Ich schob den unteren Teil des Burnusses wieder bis unter die Augen, die Fliegen hielten mich wohl für eine neue Art von Misthaufen.

Bevor wir uns nach oben begaben, gab Youssef dem Wächter zu verstehen, er solle die Tür sichern.

Auf den zerbröselnden, unvollständigen Stufen, die in die oberen Stockwerke führten, lagen Reste von Unrat, Stroh, Ziegen und Schafskötteln. Alle Türen im Haus waren mit Holz- oder Blechplatten notdürftig verrammelt. Der Dunggeruch nahm mir den Atem. Auf den Treppenabsätzen lagerten Autoteile, Plastikkanister, Blech, Gerümpel.

Im vorletzten Stock schließlich öffnete Youssef einen Raum, der ein Sicherheitsschloß besaß. Zuerst sah ich nichts. Durch eine dunkle Plastikplane fiel ein Lichtstrahl auf den schmierigen Betonboden, der übersät war mit Ascheresten. Youssef öffnete die

Plane etwas mehr. Der Raum war fast leer. An einer Wand lag eine zusammengerollte Matte. In einer anderen Ecke waren Konservendosen, Wasser- und Bierflaschen gestapelt.

Youssef holte ein Fernglas aus einem Loch in der Mauer neben dem Fenster, schaute durch die Plastikplane und zog mich so dicht neben sich, dass ich seinen Schweiß roch.

„Siehst Du dahinten die drei Dattelpalmen. Rechts daneben befindet sich eine Lehmhütte. Du kannst Menschen sehen, die sich im Innenhof bewegen und wenn sie aus der Tür treten. Es sind vier Männer, die kommen und gehen."

Er gab mir das Fernglas. Ich hatte quasi einen Panoramablick auf die Elendshütten, die sich bis zum Horizont zu ziehen schienen.

Meine Arbeit war nicht schwer. Stundenlang saß ich auf einer Apfelsinenkiste und beobachtete die Bewegungen an meinem Objekt. Dann und wann kam ich zum Schuß: Eine Augenpartie, ein Oberkörper von hinten, von der Seite, ein Teil eines unbedeckten Gesichts zwischen zwei Zaunlatten.

Youssef sorgte für den Nachschub an Lebensmitteln, er buk Brot – auf dem Gang, weil er gemerkt hatte, dass ich den Rauch nicht vertrug. Er kam und verschwand wieder. Manchmal blieb er über Nacht und schlief mit mir im selben Raum. So kamen wir uns näher. „You are my very good friend", sagte er immer wieder.

Eines Abends lernte ich auch den Grund kennen, warum Youssef für westliche Geheimdienste arbeitete. Er brauchte sehr viel Geld, weil er eine große Familie zu ernähren hatte. Er zeigte mir Fotos. „I have six sons and fifteen daughters and four wives", sagte er stolz und fing an, ihre Namen aufzuzählen. Dann wollte er wissen, wie viele Kinder ich hätte. Ich schämte mich und gab als Antwort: „Ich habe eine sehr schöne Frau." Natürlich wollte Youssef ein Foto sehen. Ich hielt es ihm hin: „Das ist Hannah."

„Bei Allah", sagte er, „das ist die schönste Frau, die ich je gesehen habe. Eure Kinder müssen sehr schön sein."

Dann wollte er abermals wissen, wie viele wir hätten. Schließlich sagte ich es ihm: „Keines."

Youssef schaute mich an, als ob ich ihm gestanden hätte, dass ich an einer unheilbaren Krankheit leide.

An diesem Abend fragte ich ihn nach Kindern. Käuflichen. Er wiegte den Kopf hin und her, dann nahm er meine Hand und sagte: „No problem, I can manage."

Am vorletzten Tag, meine Fotos waren alle geschossen, verschwand Youssef am frühen Morgen und sagte: „Heute Abend gibt es etwas Besonderes."

Ich dachte mir nichts dabei.

Ich war froh, aus meinem Zeitgefängnis wegzukommen. Die Aussicht auf eine Dusche, auf reinere Luft stimmte mich fast euphorisch.

Dann, die Sonne war als riesiger Feuerball über den Hütten untergegangen und tauchte das Elend in seinen allabendlichen falschen Glanz, ertönte das

Knattern des Motorrads. Youssefs Schritte waren schwer, als er die Treppe hochkam, er schien zu jemandem zu sprechen. Dann stand er in der Tür, auf dem Arm ein Kleiderbündel aus fleckigem blauem Kattun.

„Das ist meine Tochter", sagte er. Dabei dreht er sich seitlich, so daß ich das Gesicht eines kleinen Mädchens zu sehen bekam, dessen linkes Auge wie zugewachsen wirkte. Ohne weitere Umstände sagte Youssef dann:

„Ich möchte sie dir schenken."

„Schenken?", fragte ich, und bemühte mich, mein Erschrecken zu verbergen, wohl wissend, daß ein Geschenk zurückzuweisen eine tödliche Beleidigung wäre.

„Here name is Nofretete", lächelte Youssef und hielt sie mir hin. Ich nahm sie, sie schien nichts dagegen zu haben. Doch dann schob Youssef noch etwas nach. Er sagte:

„You can have her mother too, then you make a big familiy, and you give me your wife! Everybody will be happy, okay?"

Dabei strahlte er übers ganze Gesicht. Sein Mund mit dem Goldzahn wurde so lang und schmal wie der Sichelmond, der über dem Elendsviertel stand.

Wie Tau von weißen Äpfeln

Lukas stand am Fenster, drückte seine Stirn gegen die kalte Scheibe und schaute über Moskau mit seinen Tausenden von Plattenbauten, die wie schwach beleuchtete Containerschiffe im Grau der Nacht dümpelten. Von seinem Hotelzimmer im 18. Stock des Intourist Hotels Zarja reichte sein Blick bis hin zu den Kuppeln des Kremls, diese, von mächtigen Schweinwerfern angestrahlt, schimmerten in mattem Glanz unter dem weiten Himmel der Riesenmetropole.

War es klug gewesen, auf der Grundlage eines vermeintlichen Insidertips nach Moskau zu reisen, um dubiose Geschäfte zu machen?

Nicht wenige seines Jahrgangs hatten seinerzeit in Westberlin das Studium der Slawistik begonnen, die Völkerverständigung im Blick, den Frieden, im Glauben, dadurch einen Beitrag leisten zu können: Den kalten Krieg zu beenden, die Mauer zu Fall zu bringen, den eisernen Vorhang einzureißen. Und nun war beides eingetreten ganz ohne Lukas' und seiner Mitstreiter weiteres Zutun. Die rote Fahne mit Hammer und Sichel über dem Kreml war eingeholt und durch die weißblaurote ersetzt worden. Und Lukas fand sich statt in einer kulturellen Mission mit zwei Koffern voller zweifelhafter Handelsware in einem Moskauer Ausländerhotel wieder.

In Berlin auf die Dauer mit Taxifahren zu überleben, nebenbei Literatur aus dem Russischen zu übersetzen, war nicht wirklich befriedigend, eine Familie zu gründen nahezu utopisch.

Auf die Idee, kleinunternehmerisch im Osthandel tätig zu werden, hatte ihn die Begegnung mit einem Fahrgast gebracht. Diesen hatte er von der russischen Botschaft zum Bahnhof Zoo chauffiert. Sein Gast war anscheinend von einem Meeting gekommen, das mit Vodka moderiert worden war: Seine Augen glänzten, seine Alkohohlfahne war so lang, daß man als Taxifahrer bei einer Kontrolle sofort mit in Verdacht geraten wäre. Dieser Typ, in einen schwarzen Ledermantel gehüllt und mit einer schwarzen Persianermütze, vielleicht gerade vom Apparatschik zum Geschäftsmann mutiert, hatte ihm den Mund wässrig gemacht mit Geschichten von laschen Zollkontrollen und schnellem Geld durch originelle Geschäfte. Als Lukas nachfragte, erwähnte er das Beispiel Präservative. Es gäbe zwar welche, die Staatsbetriebe arbeiteten noch ihre Pläne ab. Nach Meinung des Pelzbemützten waren sie völlig unbrauchbar: Dick, trocken, häßlich. Im Volksmund hießen sie schiny, Autoreifen. Man bekäme sie in Apotheken, wenn man einen bestimmten Betrag auf den Tresen legte. Er behauptete, sie seien absichtlich so schlecht, damit keiner sie benutze, denn Kinder verhüten hätte der kommunistischen Volks- und Weltbeglückungspolitik widersprochen. Der Fahrgast meinte auch zu wissen, wo es Bedarf für raffinierte West-Präservative gab: In Ausländerhotels in Moskau, wo eine zahlungskräftige

Klientel ein- und ausging. Bei den Edelprostituierten, die dort arbeiteten, könnte man das Vielfache des Einkaufspreises erzielen. So etwas konnte nur ein Insider wissen.

Lukas rieb sich die Hände. Mit ein paar geschickt gestellten Fragen hatte er dem redseligen Fahrgast alles Wissenswerte in diesem Milieu entlocken können. War diese Begegnung nicht ein Wink des Schicksals, eine Möglichkeit, die ins Studium investierte Zeit und das Geld doch noch goldene Früchte tragen zu lassen? Könnte er nicht zusammen mit der Gewinnmarge aus in Berlin schwarz getauschten Rubeln und den mutmaßlich Spitzenpreise erzielenden Präservativen bei einem Kurztrip nach Moskau vielleicht so viel verdienen, wie in Berlin mit einem Jahr Taxifahren?

Doch sollte er sich als studierter Slawist auf eine solche Ebene begeben? Natürlich ließen sich auch Präservative indirekt als friedensstiftend definieren. Hieß nicht jahrelang die Devise der Hippies: Make love not war?

Es hätte natürlich schlimmer kommen können. Was, wenn sie ihn bei der Zollkontrolle nicht durchgewinkt hätten? Wenn er hätte erklären müssen, was er denn mit zwei Koffern voller Präservative in Moskau wolle, denn sein Visum dokumentierte nur einen Kurzaufenthalt. Es war doch eindeutig Handelsware, die er mit sich führte, ein Querschnitt durch das ganze bundesdeutsche Präservativ-Sortiment: Von Trockenbeschichtung bis feucht, von fleischfarben bis schrill, mit Schnickschnack vorne, also mit Gummi-stacheln, mit Noppen, Büscheln, Hahnenkämmen, Widderhörnern bis hin zu phosphoreszierenden Exemplaren, die in der Dunkelheit farbig leuchteten.

Die Prostituierten, die im Zarja arbeiteten, erschienen meistens am Spätnachmittag in den Valuta-Bars des Hotels.

Lukas hatte alles so gemacht, wie ihm der Fahrgast geraten hatte. Er war um fünf Uhr in die Bar Severnoje sijanie im weitläufigen, labyrinthischen Foyer gegangen, hatte sich an eines der Cocktailtischchen mit den pinkfarbenen Clubsesseln gesetzt und einen Vodka mit Orangensaft bestellt.

Kurze Zeit später war eine von mehreren an der Bar sitzenden Frauen, eine Blondine mit Netzstrümpfen und Stiefeln, von ihrem Barhocker gestiegen, an seinen Tisch herangetreten und hatte gefragt: „Moshno?"

„Poshaluista!" hatte Lukas mit perfekter russischer Aussprache geantwortet. Und so hatte sie sich dazugesetzt.

Sie hieß Natascha. Lukas war nervös, vom Erstkontakt hing alles weitere ab. Natascha trug ihr weizenblondes krauses Haar zu einem dicken Pferdeschwanz hochgebunden. Ihre Lippen leuchteten rot wie die russische Eberesche im Spätsommer. Sie hatte ein intelligentes Gesicht und trug eine große schwarze Lackhandtasche mit der goldenen Aufschrift Go West, was dem unweit vom Hotel im Mausoleum liegenden Lenin nicht gefallen dürfte, sollte er jemals wiederauferstehen. Lukas schätzte Natascha auf keine 25 und das Fassungsvermögen ihrer Tasche auf gut fünfzig Präservativpackungen. Er lud sie zu einem Drink ein. Sie entschied sich für eine Cola, die hier acht Dollar kostete. Was für eine Gewinnmarge! Wenn er die auf seine Präservative übertrug! Er mußte Natascha nur mit auf sein Zimmer nehmen und ihr so viele Packungen verkaufen wie möglich.

Vielleicht hätte er das Gespräch lieber auf Englisch führen sollen. Denn als Natascha bemerkte, daß Lukas russisch sprach, nahm es eine unvorhergesehene Wendung. Sie erzählte, daß sie Germanistik studiere. Auf ihre Frage, was er beruflich mache, zögerte er. Ob es ein Restgefühl von Stolz, Ehre oder beidem war, schließlich stellte er sich als Slawist vor.

„Slawjanskij, filólog!?", rief Natascha aus, so laut, daß einige der Gäste, darunter Kolleginnen von Natascha, sich umdrehten. Lukas fühlte einen heftigen Adrenalinstoß, um keinen Preis wollte er hier auffallen.

Und sie fuhr fort: „Leute, die slawische Philologie studiert haben, trifft man hier selten. Die Ingenieure, Bank- und Kaufleute, die sonst hier herumlaufen, interessieren sich nicht weiter für unsere Kultur."

„Ich schlage vor, wir gehen auf mein Zimmer", hörte Lukas sich sagen, „da können wir uns in Ruhe unterhalten."

Sie war einverstanden.

Auf dem Weg zu den in schwarzem Marmor gefaßten Aufzugtüren fragte sie ihn nach seinem Lieblingsdichter. Es wollte ihm gerade keiner einfallen, doch blamieren wollte er sich auch nicht, und so nannte er Puschkin.

„Dann kennen Sie bestimmt ‚Bachtschissaraiskij fontan'?"

Lukas bejahte, aber er war verunsichert. Er hoffte, daß sie nicht weiter nachfragen würde, denn sein Puschkin lag ungefähr so weit zurück, wie Moskau von Wladiwostok entfernt war. Als sie im Aufzug standen, fing Natascha an, Verse aufzusagen, leise, aber deutlich: „Du Quell der Liebe, Lebensquell! Zwei Rosen bracht ich, dich zu grüßen, ich lieb dein Murmeln, eilend schnell, die Tränen, die poetisch fließen..." Lukas fühlte eine unbestimmte Scham aufsteigen und fragte sich, wie er das Gespräch von der Puschkinschen Fontäne von Bachtschissaraj auf Präservative lenken sollte. Als der Fahrstuhl auf seiner Etage hielt und Hotelgäste vor dem Aufzug standen, brach sie ab.

Im Zimmer, am Tisch sitzend, erzählte sie ihm, sie sei mit dem Germanistikstudium fast fertig und dabei, ihre Magisterarbeit zu schreiben. Lukas, nervös und verunsichert, schaute auf seine Koffer mit den Präservativen und fragte, worüber sie schreibe.

„Über Humor und Ironie in E.T.A. Hoffmanns Erzählung ‚Der Sandmann'."

Lukas sah seine Hoffnung schwinden. Von Hoffmanns Sandmann auf Präservative zu kommen, war noch schwerer als von Puschkins Fontäne. Auch machte Natascha keinerlei Anstalten, ihm ihre Dienste anzubieten, jedenfalls nicht die, die er erwartet hatte. Seine Irritation erreichte einen neuen Höhepunkt, als sie schließlich fragte:

„Wenn Sie Hilfe brauchen, dann können Sie sich jederzeit an mich wenden."

„Wie meinen Sie das?"

„Zum Beispiel, wenn Sie bestimmte Fachliteratur suchen, Buchhandlungen, Bibliotheken, Antiquariate und so weiter."

Dann schaute sie auf die Uhr. „Ich würde gerne noch länger mit Ihnen reden, aber ich muß wieder zur Arbeit."

„Wo arbeiten Sie denn?"

„Hier im Hotel, ich verdiene mir mein Studium."

Dann fiel die schwere Tür hinter ihr ins Schloß.

Lukas legte sich aufs Bett. Das war ein K.-o.-Schlag gleich in der ersten Runde. Was war er? Er war kein gelernter Geschäftsmann, das war klar, nicht einmal ein Hobby-Geschäftsmann, aber ob er noch Slawist war, und wenn, was für einer? Jedenfalls wäre er ohne diese Vergangenheit nicht hier. Doch was, wenn er seine Präservative in der Gegenwart nicht absetzen konnte, den Kredit, den er dafür aufgenommen hatte, nicht zurückzahlen?

Wie viel Zeit vergangen war, seitdem Natascha den Raum verlassen hatte, wußte er nicht, da klopfte es. Einmal, vorsichtig, dann noch einmal. Elektrisiert sprang er auf. War Natascha zurückgekommen?

Er öffnete. Vor der Tür stand eine junge Frau, lange schwarze Haare, mit hochhackigen Stiefeln und einem verlockenden Dekolletee.

„Ich bin Tatjana, ich komme von Natascha, meiner Freundin, darf ich einen Moment zu Ihnen ins Zimmer kommen?"

Lukas schöpfte Hoffnung. Kam jetzt die Wende? Doch dann sah er das dicke Buch unter ihrem Arm. Noch eine Germanistin? Was wurde hier gespielt?

„Bitte, treten Sie näher!"

Sie entschuldigte sich mehrmals für die Störung. Natascha hätte ihr erzählt, daß er aus Deutschland komme, sehr gut russisch spreche. Ob er vielleicht einen Auftrag von ihr annehmen könnte? Er wisse ja sicher, wie schwierig die Verhältnisse in Rußland seien. Es sei aber etwas sehr Spezielles!

Lukas meinte, sie sogar unter ihrer Schminke erröten zu sehen.

Tatjana legte, was sie unter dem Arm getragen hatte, auf den Tisch. Er schaute auf den Umschlag und traute seinen Augen nicht. Es war ein Otto-Versandhaus-Katalog. Wirklich Otto-Versand? Die verkauften doch nicht etwa...?

Tatjana schlug eine Seite auf, in der ein Lesezeichen steckte.

„Es gibt hier Sachen, die hätten wir gerne, aber wir kommen nicht ran. Würde es Ihnen etwas ausmachen, sie für uns zu besorgen?"

Schön, dachte Lukas, nachdem er einen Blick auf die Katalogseite geworfen hatte, von Dessous auf

Präservative zu kommen, ist sehr viel einfacher als von Puschkin.

Wie sage ich, was ich von ihr will, überlegte er fieberhaft, während er notierte, was Tatjana ihm diktierte. Bevor er noch eine Lösung hatte für sein Problem, hörte er Tatjana sagen: „Natürlich möchten ich und meine Kolleginnen uns erkenntlich zeigen für Ihre Dienste."

„Es ist so", sagte Lukas, einer plötzlichen Eingebung folgend: „Ich habe hier eine größere Charge Präservative. Ich soll sie für einen deutschen Freund verkaufen, der dringend Geld braucht. Bei uns im Westen kann man zwar alles kaufen, doch es ist schwer, an Geld zu kommen."

„Das klingt interessant", sagte Tatjana. „Leider können wir nicht mit Geld dafür zahlen. Wir sind hier in Rußland noch nicht so weit. Wir schlagen eine Art Naturaltausch vor, wir bieten Dienstleistungen an. Sagen Sie Ihrem Freund, er kann jederzeit bei uns vorbeikommen, wir tauschen ihm die Ware eins zu eins."

Als Tatjana das Zimmer verlassen hatte, verspürte Lukas keine Lust mehr, ein zweites Mal in die Ausländerbar im Foyer des Hotels hinabzufahren, und ging zum Fenster. Er wußte nicht wieso, aber plötzlich fiel ihm die erste Zeile eines Gedichts von Sergej Jessenin ein, über das er seinerzeit eine Arbeit geschrieben hatte:

„Ich bedaure nichts, ich rufe nicht, ich weine nicht, alles vergeht wie Tau von weißen Äpfeln."

Die letzte Scholle

Eine Spiegelscherbe an eine Holzlatte geklebt, die Holzlatte an einen Weidepfosten genagelt. So rasierte er sich. Im Winter erst, wenn es wenigstens gefühlte null Grad waren. Er rieb sich das Gesicht mit Schnee ab, sprühte den Rasierschaum an Kinn, Hals und Wangen. Das Rasiermesser schärfte er am Schleifstein in dem Holzschuppen, den er sich selber gebaut hatte. Obdachlos war er nicht. Er lebte auf seiner eigenen Weide.

Bei der Zwangsversteigerung hatten sie einen Fehler gemacht. Das alte Bauernhaus, den Hof, die Kühe, den neuen Trecker, den Mähdrescher, alle Maschinen, die Schweine, 10 ha Land, alles hatten sie versteigert. Nur diesen Weidezipfel nicht. Den hatten sie übersehen. Direkt an der Bahnlinie Schleswig Flensburg. Seine Katzen hatte er mitgenommen. 1000 Quadratmeter, wo früher seine Kühe grasten, waren ihm geblieben, Werkzeug, ein uralter Deutz-Trecker, ohne Wert für den Ersteher, und ein BMW, der jetzt stillgelegt war. In dem hatte er zuerst übernachtet. Die Federbetten mussten sie ihm lassen. Seine sechs Katzen lagen nachts bei ihm im Auto auf dem Federbett. Ein Joint Venture gegen die Kälte. Auf das Armaturenbrett hatte er einen Mini-Fernseher positioniert. Auf Tierfilme mochte er nicht verzichten.

Daß er nicht verheiratet war, welch ein Glück! Spätestens jetzt wäre ihm die Frau weggelaufen.

„Selbst Schuld", sagte sein Neffe, der ihm früher bei der Ernte geholfen hatte und manchmal vorbeikam. „Hättest du die Briefe von den Behörden und von der Bank gelesen und nicht in die Schublade geworfen, vielleicht hätte man etwas machen können."

„Behördengequabbel und kriminelle Landräuber", hatte er geantwortet. „Die wollten meinen Hof, das ist die Wahrheit. Der meinen Hof ersteigert hat, ist mein Nachbar. Er ist verwandt mit dem Direktor von der Bank. Du kennst doch ihre Plakate: ‚Wir machen den Weg frei!' Sie haben ihn freigemacht. Wer wohnt jetzt in meinem Hof? Asylanten. Wie kommen die in mein Haus? Der Ersteher hat es vermietet. Zu Höchstpreisen an die Stadt. Die stecken doch alle unter einer Decke."

Er winkte ab. Mit seinem Arm, der einen Ochsen halten konnte. Diskutieren mit Onno Theißen war schwer. Das einzige, was er kannte und wollte, war arbeiten. Und was die anderen von ihm wollten, war nicht sein Ding. Die Genossenschaft zwang ihn zu modernisieren. Die Milchkammer entsprach nicht mehr den EU-Vorschriften. 20.000 Euro. Das zwang ihn, einen Kredit aufzunehmen. Er modernisierte, wie alle, obwohl er dazu keine Lust hatte. Er kaufte neue Kühe, um mehr Milch zu produzieren. Melkte mit der Hand. Das war seine Macke.

„Da fühle ich sofort, wenn da was nicht stimmt."

Dreißig Kühe mit der Hand melken. Das konnte man nur einmal pro Tag schaffen, selbst wenn man Arme mit Muskeln aus Eisen hatte. Er hatte noch mehr Macken. Sagten die anderen. Kranke Kälber kurierte er mit einer Mischung aus Rum und Milch, zog ihnen alte, aufgeschnittene Pullover über. Die Leute lachten. Aber die Kälber wurden wieder gesund. Er konnte keinen Tierarzt bezahlen. Er holte die Kälber selber, wenn sie nicht kamen. Vom Stall bis in seine Schlafkammer, wo in der Schublade noch das Gebiß seiner seit Jahren verstorbenen Mutter lagerte, legte er durch die Wände einen Wasserschlauch, steckte am jeweiligen Ende einen Trichter drauf. „Das ist mein Haustelefon." So hörte er, wenn die Kuh kalben wollte und ihn rief, wie er es nannte.

Er hatte seine eigene Art, sich auszudrücken. Besucht hatte er nur die Volksschule. Aber er kannte das Leben. Und die anderen, die sein Leben zerstören wollten, kannten nur Papier. Daß ihn das Papier einwickeln würde wie den Stein beim Kinderspiel Sching-Schang-Schong, ahnte er nicht.

Er hatte keine Zeit zum Waschen. Auch keine Zeit, um eine Frau zu suchen. Einmal hatte er eine Anzeige geschaltet: „Bauer sucht Frau. Bad vorhanden."

Eine einzige Frau meldete sich. Sie kam vorbei. Sie saßen in der Küche, er erklärte ihr, er habe wenig Zeit, sie müsse sich sofort entscheiden. Das wars.

Keine Anzeigen mehr, es geht auch ohne Frau. Er hatte ja Arbeit mehr als genug. Das Korn mähen. Der Mähdrescher blieb auf der Straße liegen. Den Mähdrescher auf der Straße reparieren. Die Welle vom Trecker schweißen. Die Silos füllen. Melken, jeden Tag melken. Grobe Arbeiten, für Feinarbeiten blieb keine Zeit.

Die Haare schnitt er sich selber, vor seiner Spiegel-scherbe.

„Ich bin jetzt Irokese geworden", sagte er zu seinen Freunden und lachte über sich selber. Er hatte Freunde. Am See an der Trinkhalle trafen sie sich im Sommer. Es waren alles Männer ohne Frauen. Der eine war Lehrer gewesen. Mit einem gefälschten Zeugnis. Nach drei Jahren wurde er entlassen. Der andere arbeitete mit Frauen. Im Puff. Vermuteten die anderen. Der dritte war Bauunternehmer gewesen. Er war pleite gegangen. Onno war der einzige, der eigenes Land besaß. Sie besuchten ihn. Tranken zusammen Bier. Halfen ihm bei der Ernte. Er baute eigene Kartoffeln an und Gemüse. Er konnte nicht anders. Lagerte sie in tiefen Gruben. Sie reichten ihm über den ganzen Winter.

Zähne waren ihm fast keine geblieben. Zum Arzt zu gehen, war seine Sache nicht. Wenn er krank war, blieb er im Bett, bis er wieder aufstehen konnte. Einmal war er beim Zahnarzt, als er Schmerzen hatte. Freunde vermittelten ihm eine kostenlose Behandlung. Der Zahnarzt, als er den Mund geöffnet hatte, schreckte zurück, so etwas hatte er noch nie gesehen. Vorne besaß Onno noch vier Zähne oben, drei unten. Die Backenzähne – schwarze Stümpfe. Der Zahnarzt wollte ihm eine Spritze geben, das lehnte Onno ab. Er stand auf und ging.

Er trank Milch wie seine Katzen. Und quetschte mit den verbliebenen Zahnstümpfen Kartoffeln und Gemüse, mampfte Weißbrot, er liebte Bananen, die er afrikanische Gurken nannte.

Die Behörden duldeten ihn auf seiner Weide. Bis er anfing zu bauen. Nachdem ihm sein BMW als Bett zu unbequem geworden war, besorgte er sich von einem Schrotthändler einen kleinen Container. Von einem nahegelegenen Bach legte er sich eine Wasserleitung aufs Grundstück.

In den Container baute er ein Hochbett mit Fernsehanlage. Darunter stellte er eine Art Ofen, auf dem er Wasser und Kartoffeln kochen konnte. Den Rest des Containers füllte Werkzeug. Gerettet aus der Konkursmasse hatte er auch eine Granate. Beim Pflügen tauchte sie auf einmal auf aus der sandigen Erde, kullerte in eine Furche. Er nahm sie mit. Er reinigte sie. Er liebte die glänzenden Messingteile an der Granate. Sie stand auf dem Küchenbord, als er noch den Hof hatte. Der einzige Raumschmuck außer der Wanduhr mit dem Tannenzapfenpendel.

Von Zeit zu Zeit polierte er seine Granate, nahm sie in die Hand. Freunde sagten ihm, das Ding sei gefährlich. Der Zünder stecke noch drin. Er lachte und winkte ab. Und streichelt sie mit seinen großen, von der Arbeit harten Händen.

Dann machte er einen Fehler. Sagten die Freunde. Auch der Container, ohne Fenster, genügte ihm nicht. Er legte ein Fundament für einen Schuppen. Dort wollte er wohnen. In mühevoller Arbeit erstellte er eine Art Wohnscheune mit Wasseranschluß und tiefen Gruben zur Lagerung von Kartoffeln und Reparatur seines Treckers und zum Ausschlachten von Schrottautos. Die Scheune war vollgestopft mit Gerümpel, Schrott, Werkzeug, Schweißbrennern,

Stromaggregaten und einer gewaltigen, selbstgebauten Werkbank aus Stahl, an der nur Riesen wie er selbst werkeln konnten. Seine Hände, durch lebenslange schwere Arbeit mit Landmaschinen und grobem Werkzeug, hatten die Größe von Bierseideln. Stets waren seine Jacken zu eng, ob vom Typ Hubschrauberpilot, Bundeswehrarbeitsanzug oder friesischem Fischerzwirn. Dadurch wirkte seine ohnehin breite Brust noch breiter. Die von der Arbeit braun gewordenen Jeans saßen eng, die Füße steckten in klobigen Arbeitsschuhen, so stellte man sich einen Mann vor, der einen Stier bei den Hörnern packen und niederringen konnte.

Irgendwer zeigte ihn an. Die Behörden hatten Zustellprobleme. Seine Adresse, ein Stahlblech am Weidezaun mit der Aufschrift: „An der Bahnschiene", war illegal. Man schickte einen Boten. Der Amtsbote kam. Es war Sommer. Doch es hatte geregnet. Es regnete viel in dieser Gegend. Und es gab viel Wind. Die Hütte stand dicht an den Gleisen. Ein Campingtisch und drei vergammelte alte Sessel, das war das Eßzimmer. Der Bote zeigte ihm die Zustellungsurkunde. Onno war höflich. Er bot ihm einen Sessel an. Der Bote setzte sich und sprang wieder auf. Das Polster des Sessels hatte die Nässe der ausgiebigen Landregen gespeichert. Der Bote breitete seine Papiere auf dem Tisch aus und forderte Onno auf, den Empfang zu bestätigen. Da rauschte der Zug Schleswig-Flensburg heran. Der Fahrtwind riß die Urkunde mit, die Räder des Zugs zerfetzten sie.

Schließlich kamen sie mit großem Gerät und Polizeischutz. Freunde, die die Zufahrt zum Gelände mit ihren PKWs gesperrt hatten, konnten ihn nicht retten. Arbeiter zerlegten das Gebäude, luden das Material auf einen Hänger und transportierten es ab. Onno blieben nur das Fundament und der Inhalt der Hütte, der jetzt auf der Weide verstreut lag. Die Freunde brachten ihm Bundeswehrplanen, einen Tisch. Einen Ausziehtisch für eine große Familie. Er stellte den Tisch auf vier Hohlblocksteine. Darunter eine Konstruktion aus Latten, darauf eine Matratze. Über den Tisch wurde eine riesige Bundeswehrplane gezurrt, zwei Lastwagenbatterien versorgten seinen kleinen Fernseher – fertig war das neue Haus. Doch mit kleinen Lösungen gab sich Onno Theißen nicht zufrieden.

Die anderen machten aus viel wenig. Er machte aus wenig viel. Jetzt kam sein alter Deutz-Trecker dran. Jetzt baute er etwas, womit sie nicht rechnen konnten. Jetzt erst recht. Von dieser letzten Scholle ließ er sich nicht mehr vertreiben. Der Trecker stand da, verrostet, aber komplett. Die Hydraulik funktionierte noch. Der Frontlader war abgesenkt, als wollte er neuen Mist laden. Er brachte ihn in Stellung und konstruierte darauf ein Windrad. Schnitt die Rotorblätter aus rostigen Ölfässern. Besorgte sich noch mehr Lastwagenbatterien. Nun war er Stromproduzent. Über der Sitzfläche und dem Motor entstand sein neues Haus. Im Wind. Ein Windhaus. Aus alten Latten und Balken vom Abbruch. 3x3 Quadratmeter. Beheizbar. Mit einem Kanonenofen. Einem Bett.

Einem Tisch. Ein Fenster nach Westen, eins nach Osten. Ein Haus ohne Fundament konnten sie ihm nicht verbieten. Ein Haus auf Rädern war im Außenbereich erlaubt. Notfalls warf er den Trecker an und drehte mit Hütte und Windrad darauf eine Runde. Von dieser letzten Scholle würde er nicht weichen: „Dat gait nicht los!"

Eines Tages, es war schönes Wetter, holte er die Granate aus seinem Versteck. Er musste sie verbergen, weil sie bei ihm immer wieder einbrachen. Sie hatten es auf sein Werkzeug abgesehen und Bargeld.

Er setzte sich mit der Granate auf seinen Häuptlingsstuhl, so nannten ihn die Freunde, einen alten, mit lila Farbe besprühten Bürodrehsessel mit hoher Lehne. Er nahm die Granate in die Hand, er polierte sie, wie er sie immer poliert hatte. Er stellte sie auf den Tisch wie eine Rakete. Sie glänzte in der Sonne. Die Sonne flirrte. Er drehte sich mit seinem Sessel, schaute sich um. Dann stieg er die Treppe hoch zu seinem Haus im Wind. Er schaute übers Land. Der Roggen stand gut auf dem Halm. Das Rübenblatt glänzte fett. Das waren einmal seine Ländereien. Weiter in der Ferne konnte er den First seines alten Hauses erkennen. So verharrte er lange.

Schließlich stieg er die Treppe hinab, nahm seine Granate unter den Arm. Dann stieg er aufs Fahrrad, die Granate befestigte er auf dem Gepäckträger. Zum Rathaus waren es fünf Kilometer. Er kannte die Öffnungszeiten.

Das Ferienhaus

Er kann nicht schlafen. Die Mücken peinigen ihn, und die Geräusche des Südens halten ihn wach. Von den umliegenden Hügeln ertönt in Abständen, die zu kurz sind, um in Schlaf zu fallen, immer wieder Gebell. Ein Hund fängt an, ein anderer antwortet von irgendwoher, ein dritter fällt ein, schließlich bellen Berg und Tal. Irgendwo in der Nachbarschaft springen noch immer Kinder kreischend in einen Pool, eine Musikanlage entläßt wummernde Töne in den Sternenhimmel. Was Viola wohl zu diesem Ferienhaus sagen wird, wenn sie am Wochenende kommt? Er kennt ihre Ansprüche und Ängste. Und er fürchtet sie ein bißchen. Es ist heiß. Irgendwann spät in der Nacht steht er auf. Sein Mund ist trocken, und er fühlt sich zerschlagen.

Als er in die Küche kommt und das Licht anmacht, erstarrt er: Gleich zwei lange, schwarze, vibrierende Linien ziehen sich, vom Fenster und unter der Tür hervorkommend, über die weißen Bodenkacheln hin. Die eine führt zum Tisch, auf dem noch sein halbverzehrter Muffin aus dem Flugzeug liegt. Er war hellbraun, doch nun ist er von einem dunkelbraun bis schwarz schimmernden beweglichen Pelz überzogen. Eine lebende Skulptur, an der Christo vielleicht Gefallen gefunden hätte. Es ist, das ist absehbar, wenn sich die Bedingungen nicht ändern, außerdem eine dynamische Skulptur, die zum Minimalismus tendiert. Er holt die Kamera, macht ein Foto von dem

wuseligen braunen Klumpen. Die andere Ameisenstraße führt zum Küchenschrank, zieht sich am äuße-
ren Türspalt in die Höhe und verschwindet darin. Er
tritt näher, es wimmelt, es wabert, die einen wollen
dahin, woher die anderen schon kommen, ein schein-
bares Verkehrschaos. So stellt er sich indische Städte
vor oder chinesische, doch alles vollzieht sich in unheimlicher Stille und geordnet. Nirgends verbreitert
sich der Faden übermäßig, nirgendwo wird er dün-
ner. Es herrscht Einspurigkeit mit permanentem,
zehntelsekundenschnellem Ausweichen. Er schaut
dem Zug der Ameisen eine Weile zu, schließlich öffnet er die Schranktür.

Das Eldorado der Insekten ist augenscheinlich ein
halb gefülltes Glas Honig, das zusammen mit anderen hinterlassenen Vorratsresten und angebrochenen
Lebensmitteln auf einem Regalbord rastet. Das Glas
ist verschlossen mit einem Schraubdeckel. Aber die
winzigen dunkelbraunen Tierchen haben es geschafft, einen Weg ins Glas zu finden. Sie haben sich
entlang der Windungen des Schraubdeckels und des
Glases zu ihrem Ziel vorgearbeitet. Der Eingang war
leicht zu finden, doch der Ausgang scheint schwierig
wie bei brennenden Diskotheken oder Massenpilger-
wanderungen, die in Panik enden. Nun hat es ein
Ameisenvolk getroffen. Die Schraubwindungen des
Honigglases sind durch nachdrängende Artgenossen
verstopft. Eine große Anzahl der kleinen braunen
Tiere ist schon im Honig versunken. Was für eine
süße Falle, was für ein tödlicher Genuß!

Er fühlt sich zu zerschlagen, um jetzt mitten in der Nacht irgendetwas gegen die Ameisen zu unternehmen. Vielleicht hat sich das Problem morgen von selbst erledigt.

Am nächsten Morgen ist der Muffin bis auf einen Rest zu einem kleinen, braunen Ballen geschrumpft. Die Ameisen sind noch da. Er macht ein neues Foto, dann packt er den Muffin und das Glas, um das immer noch Verkehr herrscht, aber in deutlich geringerem Ausmaß, und bringt alles in den Container auf der Straße. Schon bald soll Viola nachkommen. Und sie fürchtet sich vor allem, was krabbelt. Außerdem weist das Ferienhaus noch mehr Mängel auf als nur die Ameisen. Der Pool ist kleiner als gedacht, und Viola haßt kleine Pools. Die Fenster haben keinen Mückenschutz, die Kücheneinrichtung ist alt, der Duschvorhang schwarz verpilzt, und es gibt kein Bidet. Zu seiner Entschuldigung könnte er anführen, daß es eine Last-Minute-Buchung war und es nichts anderes mehr gab. Und jetzt auch noch Ameisen!

Er ruft seine Mutter an, die er immer dann anruft, wenn es sich um die praktischen Dinge des Alltags handelt oder um Gerichte, die nur sie zu kochen weiß, die in keinem Rezeptbuch zu finden sind. Seine Mutter ist immer zu Hause, sie ist alt, sie ist nie gereist wie ihr Sohn, dessen Leben eingeteilt ist in breite Phasen von Arbeit und schmale Streifen von Urlaubsreisen. Die Mutter hat Tips für alle Lebenslagen. Sie befinden sich teils in ihrem Kopf und hängen teils auf kleinen, aus Zeitungen und Zeitschriften ausgeschnittenen Zettelchen auf der Innenseite ihrer Küchenschranktüren. Darunter solche wie: Gegen Motten und Silberfischchen helfen getrocknete Orangenschalen. Auch für Ameisen hat die Mutter einen Rat: Du mußt so kleine Backpulverwälle aufschütten, da krabbeln sie nicht drüber.

Er weiß nicht, was Backpulver auf Spanisch heißt, aber das dürfte kein Problem sein. Zum Glück ist Viola noch nicht da. Auch für ihn sind diese Mitbewohner gewöhnungsbedürftig, aber zugleich, das läßt sich nicht leugnen, sind sie hochinteressant.

Im lokalen Supermarkt findet er in dem entsprechenden Regal ein niederländisches Produkt mit dem Namen Bakpoeder. Er kauft eine Großpackung. Zu Hause legt er kleine Wälle aus dem Päckchen an der Tür entlang und unter den Küchenfenstern. Die letzten Reste des Muffins entsorgt er.

Schon bald merkt er, daß dies keine Lösung des Problems ist. Sie umgehen seine Backpulverwälle und finden neue Zugänge in die Küche. Die Kachelfugen sind teilweise offen, darunter gibt es anscheinend Hohlräume und Gänge. Er kann schließlich nicht die ganze Küche mit Backpulver bestreuen.

Da fällt ihm ein, daß in Asien Insekten Leckerbissen darstellen. Was für eine Gelegenheit: Er brauchte nur eine Pfanne auf den Gasherd zu stellen, einen Köder hinein und warten. In kürzester Zeit wäre seine Pfanne voll. Nun etwas Öl hinein, einen Deckel drauf und die Gasflamme entzündet. Schade, daß er auf diese Art von Leckerbissen nicht konditioniert ist. Er könnte es natürlich auch ohne kulinarische Interessen mit dem Pfannentrick versuchen. Doch das wäre dann wahrscheinlich Barbarei. Man kann so viele Tiere töten, wie man will, solange man sie ißt, das ist allgemeiner Konsens. Doch zum Ameisenessen fehlt ihm die Expertise.

Auch am darauffolgenden Morgen findet er in der Küche wieder eine Ameisenstraße. Es ist eine sehr nachhaltige Ameiseninvasion. Diese Untermieter lassen sich wahrscheinlich nur durch eine außerordentlich brutale Zwangsräumung entfernen. Eine chemische Keule wäre sicher die definitive Lösung. Laut Gebrauchsanweisung darf man sie aber nur im Außenbereich anwenden.

Kurz darauf findet er eine Ameisenstraße, die zum Wandschrank führt: Hatte er nicht alles gut kontrolliert? Er verschiebt die Tassen und Teller. Hinter einem Stapel Untertassen liegt das übersehene Geheimnis: Ein offenes Zellophanpäckchen mit original friesischem Kandisstangenzucker. Offenbar ein Geschenkartikel, es sind noch bunte Bändchen daran. Den Ameisen jedenfalls hat das Geschenk die größte Freude bereitet. Da ist ein Naschen und Rascheln in der Tüte, der Zucker vor lauter Ameisen nicht zu sehen. Er schaut eine Weile zu, dann macht er ein Foto. Er weiß auch nicht genau warum. Er schaut zu, wie die kleinen Tierchen sich am Zucker laben, da ist kein Futterneid, und überhaupt, Zucker ist ja schädlich, und eigentlich kann er froh sein, daß er auf diese Weise weniger Karies in die Zähne bekommt, nein, trotzdem, die Ameisen sollen hier keinen Zucker naschen, sie sollen auch nicht im Wandschrank herumrennen, sie sollen aus der Wohnung verschwinden. Spätestens, wenn Viola kommt, müssen sie weg sein. So faszinierend sie sind, sie gehören nicht in den Wandschrank. Sie befinden sich in seinem Territorium, ein gemietetes zwar, aber innerhalb dieses Zeitraums hat hier sonst niemand etwas verloren. Allerdings befindet sich das Haus, wenn man es genauer betrachtet, im Territorium der Ameisen, es ist in einen Pinienwald hineingebaut worden. Er verfolgt das Wimmeln der Ameisen auf den Kandiszuckerstangen in dem offenen Zellophanbeutelchen und überlegt sich, wie er vorgehen könnte. Zumal diese Ameisen erschreckend sozial sind und ständig so viele Brüder und Schwestern wie möglich um sich haben müssen, sie haben, genau genommen, etwas penetrant Sektenhaftes, diese Insekten, egal, was sie gerade tun. Anstatt also den Kandiszucker ganz alleine zu vernaschen, scheinen sie alle ihre Genossen der Umgebung auf den Fund aufmerksam zu machen und zum Festschmaus einzuladen. Ließe er ihnen heute den Kandiszucker, den er gar nicht braucht, nicht heute, nicht morgen und übermorgen auch nicht, so fräßen sie morgen, weiß der Teufel, was noch alles in dem Schrank herumliegt, das nächste Produkt auf. Mit dem Gedanken, daß man hier also einen Riegel vorschieben muß, schon wegen Viola, und zwar einen ziemlich dicken, nimmt er die Zellophantüte und drückt sie oben so fest zu, wie er nur kann. Gefangen! Hunderte auf einen Schlag. Die

Ameisen merken sofort, daß etwas nicht stimmt. Und wollen hinaus. Doch er läßt sie nicht, drückt das Papier an die drei, vier Holzstäbchen und wickelt schließlich oben herum ein Gummibändchen. Da, eine hat es doch geschafft, aber sie kommt nicht weit, sie fällt auf die Erde, und da wartet schon sein Schuh. Es tut ihm leid, aber es überkommt ihn ein so unwillkürliches Verlangen, die kleine Ameise auf dem Boden nicht entkommen zu lassen, obwohl er weiß, daß das keine Lösung ist. Und aus Wut, weil er keine Lösung des Problems weiß, tritt er zu. Nein, das kann nicht der homo sapiens in ihm gewesen sein, es war gewiß der Neandertaler oder gar der Australopithecus. Er denkt an Konrad Lorenz. Hat der nicht die These aufgestellt, der heutige Mensch sei noch gar nicht der entwickelte homo sapiens, er sei nur eine Vorstufe dazu? Damit will er den Tritt auf die Ameise nicht rechtfertigen, aber sein Schuldgefühl vermindert sich etwas. Er ist eben - wie übrigens viele seiner Artgenossen - noch nicht so weit. Man braucht ja nur die Tageszeitung aufzuschlagen, dann weiß man, wie weit der homo sapiens gekommen ist.

Er hat das Zellophantütchen in der Zwischenzeit nicht losgelassen. Er hält es fest zugedrückt, die Ameisen sind irritiert, sie fressen nicht mehr. Wenn man das Tütchen ans Ohr hält, hört man es rascheln. Die kleinen Beinchen auf dem Zellophan erzeugen ein Geräusch, als ob Zwerge Ackerschachtelhalme raspeln.

Was tun mit dem Kandiszuckerameisenzellophangefängnis? Wieder weiß er keine Lösung. Er schaut weiter zu. Nein, sie können nicht heraus. Er wartet. Er will sie eine Nacht naschen lassen. Vielleicht fällt ihm im Traum eine Lösung ein.

Die Nacht ist vorbeigegangen, er hat geträumt, aber es war keine Lösung darin. Im Gegenteil. Er hat vom deutschen Tierschutzverein geträumt. Ein Alptraum. Der Tierschutzverein ist bekannt dafür, hartnäckig, unerbittlich und erfolgreich zu sein. Erfolgreicher, jedenfalls hartnäckiger und populärer als Amnesty International. Außerdem hat dieser Verein jede Menge informelle Mitarbeiter im ganzen Land. Man kennt die Situation. Es braucht sich bloß eine Katze auf einen Baum zu versteigen, die den Rückweg nicht mehr findet. In kürzester Zeit sind sie alle da: Bildzeitung, Feuerwehr, Polizei, Notarztwagen, Fernsehteam, Lokalblatt und ein paar hundert Menschen. Er kennt die Gesetzeslage nicht genau, aber er kann sich vorstellen, daß ein Ameisenquäler mit Schlimmerem rechnen muß als ein Autofahrer, der einen Fußgänger überfahren hat. Immerhin, noch leben sie in der Zellophantüte, die Ameisen, und es geht ihnen nicht schlecht, sie durften eine ganze Nacht im Zucker schwelgen, im Todeszellophan.

Nein, er geht jetzt morgens nicht mehr zuerst ins Bad. Er geht in die Küche, um nach seinen, na ja, Schützlinge kann er sie ja nicht nennen, um nach seinen Versuchstieren zu sehen. Ein unerklärlicher Forscherdrang hat ihn erfaßt. Hat er seinerzeit vielleicht das Falsche studiert? Wäre er nicht besser ein guter Biologe oder wenigstens Tierfotograf geworden?

Bald kommt Viola, und er hat immer noch keine Idee für einen Mückenschutz vor den Fenstern, und er ist mit den Ameisen in doppelter Hinsicht noch nicht fertig. Im Gegenteil.

Über Nacht ist wieder etwas passiert.

Er kann sich genau erinnern, er hat das zugebundene Zellophantütchen auf den Küchenschrank gelegt und die Ameisen steckten drin. Er kommt in die Küche, das Tütchen liegt da, aber die Ameisen sind weg. Und zwar alle! Er dreht das Tütchen und wendet es. Kein Loch, nichts zu sehen. Sollte ein Tierschützer in seiner Wohnung gewesen sein? Ausgeschlossen! Die Ameisen haben sich also selbst befreit. Sie mußten irgendwo eine schadhafte Stelle gefunden haben oder sich einen winzigen Fluchtweg durchgenagt haben durchs zerknitterte Papier. Sie haben ihm eine Lehre erteilt. Er hat sie unterschätzt. Man soll niemals Ameisen unterschätzen!

Und dann muß er doch noch ein Massaker anrichten. Er hat sich zum Frühstück ein Sandwich mit Schinken belegt. Mit dem legendären iberischen Eichelschinken, der preislich echtem Kaviar entspricht. Der Angriff der Ameisen auf das Sandwich hat sich in Windeseile nach einem längeren Telefonat ereignet. Ein feuchtes Kleenex dient ihm als Vernichtungsinstrument. Es gibt unzählige Tote. Bevor er die Überreste des Massakers entsorgen kann, ruft Viola an. Er versucht, sie sanft auf die Mängel des Ferienhauses einzustimmen. Wie er sich vorstelle, die Nächte ohne Mückenschutz zu verbringen? Sie brauche dringend Erholung. Als er ihr vorschlägt, sie möge Mückengitter aus Deutschland mitbringen, reagiert sie wütend. Ob er nicht wisse, unter was für einem Stress sie stehe? Schließlich habe er doch die Verantwortung für die Buchung übernommen!

Er versucht ihr zu erklären, daß es vor Ort keine Baumärkte gebe, daß seine Spanischkenntnisse nicht ausreichten. Als das Telefonat anfängt, ihn vollends zu nerven, entschuldigt er sich, er habe etwas auf dem Feuer stehen.

Er geht tatsächlich in die Küche und untersucht die Stelle, wo er das Massaker angerichtet hat. Als er das Kleenex wegnimmt, kribbelt und krabbelt es. Nein, die Toten sind nicht wiederauferstanden, diese Eigenschaften haben nur Menschen beziehungsweise gewisse Heilige, nein, die versammelte Verwandtschaft scheint gekommen zu sein, um ein Lamento anzustimmen. Ein unhörbares freilich, aber sein Gefühl ist, die sind gekommen, weil sich etwas Furchtbares ereignet hat. Er vermeidet ein zweites Gemetzel, schaut sich an, was passiert: Sie transportieren ihre Toten ab. Wohin? Wahrscheinlich in ihr Basislager, falls sie so etwas haben. Ob sie die Toten bestatten oder später verzehren? Jedenfalls vermeiden sie, was den menschlichen Krieger ausmacht: Sie werfen nicht mehr Kämpfer in die Schlacht, sondern ziehen sich zurück. Sie kommen auch, im Unterschied zu Soldaten- und Kriegerverbänden, nur noch einmal zurück an den Ort der Vernichtung. Sie müssen aber genauso wie die Kriegerverbände, die in ihren Rundschreiben die alten Soldaten auffordern, zu bestimmten Gedenktagen zu den Schlachtfeldern bzw.

Kriegsgräbern zusammenzukommen, ein Mitteilungssystem besitzen, das den lebenden Ameisen der Umgebung mitteilt, eben nicht an jenen Ort zu kommen, an dem gerade ein Massaker angerichtet worden ist. Wie sie das machen? Ein Rätsel! Vor allem, wenn er wüßte, wo genau sie in die Wohnung hereinkommen und wo sie wieder verschwinden, gäbe es vielleicht eine Lösung.

Nun hat er zwei Probleme: Die Ameisen, die allerdings auch anfangen, ihn mehr und mehr zu interessieren, und Viola, die anfängt, bei jedem Anruf mehr und mehr zu nerven.

Dabei könnte er die Ameisen durchaus noch eine Weile beobachten.

Diese Idee erfährt Nahrung durch eine zweite Performance der Ameisen, die er unwissentlich selber vorbereitet hat. Zu Mittag hat er sich ein Pfannengericht zubereitet, nach dem Essen das Geschirr sorgfältig abgewaschen, den Tisch gesäubert und ist dann schwimmen gegangen.

Als er zurückkommt, inspiziert er zuerst die Küche. Eigentlich gibt es da nichts, was Ameisen noch anlocken könnte. Doch dieses Mal kommt die Spur aus dem Schlafzimmer und endet im Geschirrkorb. Hat er nicht alles sorgfältig abgewaschen? So wie der Muffin von Ameisen überzogen war, so hat es dieses Mal den Pfannenwender getroffen. Das hölzerne Utensil ist vollständig in einen Pelz aus Ameisen gehüllt. Der Abwasch hat anscheinend die in die Tiefe des Holzes eingedrungenen Essensdüfte nicht beseitigen können. Er stellt den Pfannenwender mit dem

Stiel nach unten in ein Glas und macht ein Foto. Ameisenwender 1 würde er es nennen. Und dann kommt ihm die Idee: Wie wäre es, wenn er mit den Ameisen noch eine Weile gezielt arbeitete? Er könnte verschiedene Objekte großflächig mit Düften versehen, so z.B. die Teekanne oder einen Stuhl, sogar einen Tisch, und auf diese Weise dynamische Stilleben erzeugen. Die Ameisen hatten seinen Spieltrieb geweckt. Was würde Viola dazu sagen?

Am Morgen vor Violas Ankunft wacht er früh auf. Er bleibt, halb vor sich hindämmernd, liegen. In diesem Zustand sieht er plötzlich Viola. Sie liegt bäuchlings auf einer Sonnenliege auf einem schwarzen Handtuch. Auf ihrem Rücken, der völlig weiß, von der Sonne unbefleckt, wie reiner weißer Marmor glänzt, verläuft quer über ihre Schulterblätter und entlang der Wirbelsäule ein Kreuz aus Honig. Ameisen haben die Spur des Honigs aufgenommen und diese in eine Figur verwandelt, ein in doppelter Hinsicht lebendes Kreuz. Auf einmal ist er hellwach. Was war das? Ein unbewußter Bekehrungswunsch? Wie elektrisiert erhebt er sich vom Nachtlager. Nein, er deutet den Traum als einen Hinweis, sich auf die Kunst zu konzentrieren. Hat er eine neue Art von Skulptur entdeckt, die Bio-Skulptur?

Er überlegt, ob er Viola anrufen soll. Was, wenn sie über ihren Schatten springen würde, kooperativ wäre, ihm zuliebe ihren Rücken...? Wenn sie ihn wirklich liebte, würde sie dann nicht über alles hinwegsehen, ihm einen Herzenswunsch erfüllen, ihn biodynamische Skulpturen bauen und fotografieren lassen? Allerdings, so wie er Viola kennt, wäre das mehr als unwahrscheinlich. Sie würde schon beim Erwähnen dieser Vorstellungen überreagieren, ihn pervers nennen, womöglich schreiend aus dem Zimmer laufen.

Mit einem Mal verspürt er sehr deutlich, daß es ihm lieber wäre, Viola würde, wenn überhaupt, dann erst später kommen. Eine plausible Erklärung für die Verschiebung ihres Urlaubs würde ihm nicht schwerfallen. Er brauchte nur zu sagen, daß das Haus von einer unerklärlichen Insektenplage befallen sei. Es sei voller Ameisen, was wiederum große Spinnen angelockt habe. Ein Insektenthriller Hitchcockschen Ausmaßes spiele sich im Ferienhaus ab.

In sieben Stunden soll ihr Flug gehen. Er wählt ihre Nummer.

Helene

Wenn Helene sich nach dem Duschen in einem der vielen Spiegel ihres großräumigen Schlafzimmers betrachtete, die sich hinter Vorhängen, in Türen und sogar an der Decke hinter verschiebbaren Gemälden verbargen, dann konnte sie eigentlich zufrieden sein. Sie war vierzig, ihr Gesicht war von tieferen Falten bisher verschont, ihr mahagonifarbenes Haar durchzog kein einziges graues Haar, ihr Körper war durchtrainiert und gut gebräunt, ihre Brüste waren fest und standen lustig und rund an ihrem Oberkörper wie apulische Trulli-Häuser um eine Piazza. Bisher hatte kein Kindermund sie ausgesaugt und schlaff gemacht, und es sah so aus, als würde es dazu auch nicht mehr kommen. Das Saugen hatten bisher Männer besorgt, viele Männer, darunter kindische Männer, Männer-Kinder und Kinder-Männer, so viele, daß Helene sich gar nicht mehr an alle erinnern konnte und wollte. Von diesen vielen Männern war am Ende ein großer Säugling übriggeblieben: Professor Doktor Oskar Meyerling. Oskar, mit dem sie nun seit über zehn Jahren verheiratet war, der die Fünfzig bereits überschritten hatte, der Chefarzt in einer angesehenen Privatklinik von Bad Sattenheim war, Oskar, der einen kleinen Bauch entwickelt hatte und eine Stirnglatze, Oskar, der einen Meniskusschaden vom zu vielen Joggen hatte und daher leicht bewegungseingeschränkt war, sogar im Bett, was Helene bisweilen aufregte.

„Ein Chirurg, der jeden Tag andere Leute zersäbelt, aber selber auch nur die kleinste Operation an sich ablehnt!", hatte sie ihm an den Kopf geworfen, als er sich ihr einmal im Bett nähern wollte, sich dann aber vor Schmerzen im Knie erfolglos auf die Seite rollen mußte.

Nicht allein, daß Oskar sich im Bett wegen seines Knies nicht mehr uneingeschränkt bewegen konnte. Zu Helenes größtem Kummer gehörte es, daß Oskar sich überhaupt immer weniger für Sex und damit für ihren mit großem Aufwand so gut erhaltenen und schönen Körper zu interessieren schien, so daß es manchmal außer oberflächlichen Zärtlichkeiten, flüchtigen Begrüßungsküßchen, Umarmungen im Stehen, zufälligen Berührungen unter der Bettdecke wochenlang zu gar nichts mehr kam. Es sei denn, sie ließ sich etwas einfallen und sorgte mit einer Methode, die sie schon immer in ihrem Leben praktiziert hatte und die jetzt in der Wirtschaft neumodisch als Nachhaltigkeit verkauft wurde, dafür, daß etwas geschah. Nein, Vorwürfe brauchte sich Helene nicht zu machen. Nicht daß es ihr an Phantasie gemangelt hätte. Im Gegenteil. Und sie sorgte meistens sogar dafür, daß ihre Phantasien in die Tat umgesetzt wurden, ob es Oskar paßte oder nicht. Zwar sträubte er sich manchmal, wie zum Beispiel bei der Schubkarrensexidee, die dann nicht ganz den Erfolg gehabt hatte, die sie hätte haben können, aber der selbst Oskar einen gewissen Unterhaltungswert nicht absprechen würde. Allein der prekäre Transport der nackten Helene durch den Raum an den vielen Spiegeln vorbei und das anschließende Abkippen in ihre Wohlfühl-Badewanne, die eher einem kleinen Pool ähnelte, verschaffte ihnen beiden gleichermaßen Spaß.

Die Schubkarre mit den kurz gesägten Schiebestangen stand nicht mehr im Schlafzimmer. Sie zierte jetzt unten im Wintergarten einen Platz, von Helene eigenhändig bemalt und mit schönen Steinen gefüllt, die sie von ihren vielen Reisen an italienische Strände mitgebracht hatte. Auf die Idee mit der Schubkarre war sie nicht selbst gekommen. Sie stammte aus einem Buch über Extremstellungen, das inzwischen ihrer Erotica-Sammlung angehörte, in der von der Kunst des Liebens des Ovid, dem Kamasutra des Vatsyayana über den Goldenen Esel des Apuleius bis hin zu Henry Miller kein Klassiker fehlte.

Der „Goldene Esel" hatte sie zum Beispiel angeregt, Oskar ein Eselskostüm zu nähen. Sie brauchte ihn nicht lange zu überreden, es ihr zuliebe einmal im Bett anzuziehen, denn Oskar stammte aus Köln und war sozusagen in verrückten Kostümen aufgewachsen. Das Eselskostüm war perfekt genäht, und Helene amüsierte sich köstlich, wenn sie auf ihrem Esel-Oskar ritt. Schon beim Lesen ihrer Erotica-Neuentdeckung im Buchladen spürte Helene ein angenehmes Ziehen im Unterleib. So war sie sogleich in einen Baumarkt gegangen, um eine Schubkarre zu kaufen. Der Verkäufer, den sie bat zu veranlassen, die Schiebestangen kürzer zu sägen und leicht anzuheben, schaute sie verständnislos an:

„Was wollen Sie denn damit noch transportieren?"

„Machen Sie sich keine Sorgen."

„Schwere Gewichte können Sie jedenfalls nicht mehr tragen."

„Sie kennen meinen Mann nicht."

„Selbst, wenn er kräftig ist, warum wollen Sie es ihm schwermachen, die Karre ist dann nicht mehr ausgewogen."

„Wir brauchen die Schubkarre für künstlerische Zwecke."

„Ach, Sie wollen bestimmt Pflanzen hineinsetzen, das ist jetzt Mode, letzte Woche hatten wir schon mehrere Kunden mit dieser Idee."

„Kann sein", sagte Helene laut und fragte sich, ob nicht vielleicht noch mehr Kunden dieselbe Idee wie sie gehabt hatten, wo sich Ideen im Internetzeitalter doch mit Lichtgeschwindigkeit ausbreiteten.

„Wann können Sie die Karre liefern?"

„In einer Woche."

„Eine Woche? Können Sie es nicht schneller machen?"

„Nur gegen Aufpreis."

„Das ist mir egal. Ich brauche sie dringend und zahle, was Sie verlangen."

Hätte der Verkäufer geahnt, für welchen Zweck Helene die Schubkarre brauchte, hätte er sich freilich sehr gewundert, denn die einzige Pflanze, die die Schubkarre, gut ausgepolstert mit venezianischen Kissen und Decken, jemals schmücken sollte, war Helene selbst. Hatte Kleopatra sich einst nackt in einen Teppich einrollen lassen und sich darin ihrem Antonius als Überraschungsgeschenk überbringen lassen, sie würde ihren Oskar splitternackt, auf allen Vieren auf der Schubkarre thronend, überraschen.

Sie hatte die Schubkarre gleich ins Schlafzimmer bringen lassen, einen Raum, der nichts mit einem herkömmlichen Schlafzimmer zu tun hatte. Es war ganz nach der Feng-Shui-Idee eingerichtet. Holz, Glas, Metall und Keramik waren optimal abgestimmt, alle Spiegel oval und zeitweilig verhängt, damit keinerlei negative Energiepfeile sie in dem zum Bad hin offenen Raum mit der großen Glasfront zum Garten treffen konnten. Daß die Schubkarre nicht ganz den Erfolg hatte, den sie hätte haben können, lag an Oskar, der immer dann, wenn sie den Auffahrunfall, wie er es nannte, erfolgreich simuliert hatten, beim Anheben der Karre einen verfrühten Orgasmus bekam. Nachdem auch der Schubkarrentransport Helenes in die Badewanne eingeschlafen war, hatte Helene sie umfunktioniert, was nicht bedeutete, dass sie sie nicht jederzeit reaktivieren würde, wäre ihr danach.

Der Schlafraum mit dem extrabreiten Limbaholzbett lag im ersten Stock ihrer Villa im besten Viertel von Bad Sattenheim, einem Kurort im hessischen Bergland, einer ländlichen, beinahe idyllischen Gegend, wo Weideschweine auf den Wiesen grasten und Schafherden über die Felder zogen, während unter ihnen der ICE durch lange Röhren raste und der nächste Großflughafen nicht weit entfernt war. Ein leicht erreichbarer Flughafen war besonders für

Helene unverzichtbar, die das Städtische im Ländlichen und umgekehrt schätzte.

Den Umzug aus ihrer Berliner Etagenwohnung in die hessische Villa hatten sie sich leisten können, nachdem Oskar die Chefarztstelle an der Privatklinik bekommen und Helene den Sprung in die Selbständigkeit geschafft hatte.

Sie hatten sich im Krankenhaus kennengelernt, als Helene noch Krankenschwester war und Oskar Assistenzarzt. Oskars Karriere und das damit steil angestiegene Einkommen machten es schließlich möglich, daß sie ihre Krankenschwestertätigkeit ganz aufgab. Oskar finanzierte ihr die Ausbildung zur Innenarchitektin und schließlich zur Feng-Shui-Beraterin. Befreit von ihrem belastenden, schweren Krankenhausdienst, blühte Helene förmlich auf. Ihre Tätigkeit machte ihr großen Spaß, und Kunden zu finden war für sie nicht allzu schwer, da sie sich leicht im Umgang mit Menschen tat. Viel leichter als Oskar, der ihr schließlich auch den Umbau und die Gestaltung ihres neuen Domizils überlassen hatte. Die Qi-Energie-Verhältnisse des Hauses selbst stimmten, nur die sexuellen zwischen ihnen stimmten nach Ansicht Helenes nicht ganz und das machte sie bisweilen etwas traurig.

Oskar schien weniger darunter zu leiden. Er fand den Zustand, der in dieser Hinsicht zwischen ihnen herrschte, normal, erklärte ihr in seiner trockenen naturwissenschaftlichen Art den Stand der Dinge, redete von verändertem Hormonhaushalt, zitierte amerikanische wissenschaftliche Studien, die den abflachenden Erektionswinkel von Männern über vierzig bestimmen, die sich vermindernde Ejakulationsweite auf Zentimeter genau berechnen konnten und die Umwandlung von Muskeln in Fett für unvermeidbar erklärten. Doch solche Erklärungen stießen Helene ab. Wenn er nur eines dieser ihrer Ansicht nach für die Liebe tödlichen Wörter nannte, hielt sie sich zunächst die Ohren zu und rannte, wenn er nicht aufhörte, schließlich schreiend aus dem Raum. Als Feng-Shui-Beraterin wußte sie, daß auch Wörter negative Energiepfeile abschießen konnten wie Möbel, Spiegel, Treppengeländer, Flurgarderoben und Korridore, und so verweigerte sie Oskar solche ihrer Meinung nach Liebestöter-Gespräche. Die energetischen Verhältnisse im Haus waren im Gleichgewicht, ihr Hormonhaushalt war in Ordnung und sie war bestrebt, auch ihre sexuellen Verhältnisse in einen befriedigenden Zustand zu bringen.

Zugeben mußte sie, daß Oskar den schwereren Part trug in ihrer Beziehung, was sich vielleicht auch auf seine Lust auswirkte. Während sie sich als Freiberuflerin jederzeit eine kleine Pause gönnen konnte und viele ihrer Kundengespräche eher entspannend als anstrengend verliefen, verbrachte Oskar manchmal bis zu zwölf Stunden im Krankenhaus und wurde auch noch an Wochenenden zu schwierigen Fällen gerufen, insbesondere dann, wenn wichtige Persönlichkeiten aus dem öffentlichen Leben mit Herzinfarkten, nach Unfällen oder nach Attentaten eingeliefert wurden. Sie sah die altersbedingten Veränderungen an Oskar sehr genau, doch wollte sie nicht wahrhaben, daß es sich um Verhältnisse handelte, die in der Routine des Alltags nur schwer zu beeinflussen waren. Darum dachte sie sich immer wieder Überraschungen aus, entwickelte kleine Programme und überlegte sich Situationen, die Oskar gefallen und vielleicht sogar stimulieren könnten.

Zu ihrer neuesten Erfindung gehörten Städtekurztrips an Wochenenden innerhalb Europas. Diese bedeuteten einen gewissen Planungsstress, doch konnten sie auf diese Weise die Wochenenden wenigstens ungestört von Anrufen aus der Klinik verbringen, zumal Oskar inzwischen eine Stellung erreicht hatte, in der er sich zeitweilige Unerreichbarkeit leisten konnte. Hing er früher von allen ab, hingen jetzt alle von ihm ab. Er hatte es in der Hand, die Verantwortung zu delegieren, sich unangenehme Geschichten vom Hals zu halten, seine Kraft für die prestigeträchtigen Aufgaben zu reservieren.

Budapest, Venedig, London, Paris und Brüssel hatten sie schon besucht. Nun stand Barcelona an. Und das aus einem ganz besonderen Grund, eigentlich aus mehreren Gründen. Darunter waren auch diejenigen, die allgemein und deshalb auch Oskar bekannt waren wie zum Beispiel die gaudianischen Weltwunder des Jugendstils, die Altstadt mit dem Barrio Gótico, das Mirò- und Picasso-Museum, das Flair einer mediterranen, zweitausend Jahre alten Hafenstadt. Es gab aber noch einen ganz speziellen Grund, den Oskar nicht kannte, weil Helene ihm ganz bewußt nie die Bücher zeigte, aus denen sie ihre Ideen bezog, von denen Oskar glaubte, sie entstammten allein Helenes überbordender Phantasie.

Barcelona, hatte sie in einem Städte-Abenteuer-Reiseführer gelesen, gehöre zu den südlichen Großstädten, wo noch Autosex praktiziert wurde. In gewisser Weise etwas Rückständiges, was in Deutschland kaum noch vorkam, weil es schon lange keine Zimmerwirtinnen mehr gab, die männliche Besucher pünktlich um 22 Uhr per Klopfen an die Zimmertür zum Verlassen der Wohnung aufforderten, und weil es kaum noch Eltern gab, außer vielleicht türkischen und anderen ausländischen Zuwanderern, die ihren Kindern verboten, sich zu Hause im eigenen Zimmer sexuell ein- und auszuleben. Der Kuppeleiparagraph war abgeschafft, das Orgasmusurteil war zugunsten des doppelten Hahnenkamm- und des Haifischflossenpräservativs entschieden worden, sexuell war, zumindest, wenn man Safer Sex praktizierte, alles möglich und Autosex dabei ziemlich aus der Mode gekommen. Helene erinnerte sich noch sehr genau an ihre Tanzstundenzeit, besonders an die Stunden nach der Tanzstunde, als sie von Heinrich, ihrem ersten Tanzstundenherrn, wie die männlichen Tanzpartner damals genannt wurden, abends auf Umwegen im Auto nach Hause gebracht wurde. Sie erinnerte sich an die ersten Umarmungen, die nicht endenden Küsse, die gelockerten Hosengürtel und immer tiefer rutschenden Hosen, den sternenklaren Himmel über dem Schiebedach, den Kitzel des Abenteuers und

Verbotenen, das diesen improvisierten Vergnügungen innewohnte.

Hermann war achtzehn, besaß einen Führerschein und einen großzügigen Vater, der ihm, um zur Tanzschule kommen zu können, seine französische DS 21 überließ, jenes futuristische, hydraulisch gelagerte Auto, das eine Kreuzung war aus einem Ufo und einer Polstergarnitur auf Rädern, das sich durch Umlegen der Liegesitze gar in eine rollende Matratze verwandeln ließ. Helene wohnte damals mit ihren Eltern im sogenannten germanischen Kernland, dem Teutoburger Wald, wo die Sitten streng, die Moral und der Horizont eng, aber die Wälder weit waren, groß genug jedenfalls, um Bundeswehrschießübungen und Autosex gleichzeitig Raum zu geben. Sie erinnerte sich auch sehr genau an den Schock, den sie erlitt, als einmal, sie lag mit Hermann gerade in tiefster Umarmung auf den zur Liegewiese umgewandelten Polstern des französischen Wunderautos, das schwarzbemalte Gesicht eines Bundeswehrsoldaten unter einem mit Farnblättern geschmückten Helm durch die Scheibe schaute und Hermann sie vor Schreck fast geschwängert hätte. Zum Glück reagieren die meisten Soldaten auf Befehle, und als ein unüberhörbares, in kehligem germanischem Urlaut vorgebrachtes „Vorwärts Marsch" schallte, verschwand das Gesicht so plötzlich, wie es aufgetaucht war, im deutschen Urwald.

Die nostalgische Erinnerung an ihre ersten sexuellen Erfahrungen, die Erinnerung an das Abenteuerliche, das Improvisierte, das ihrem so perfekt eingerichteten Feng-Shui-Schlafzimmer fehlte, schwangen also bei Helene mit, als sie an einem Freitagnachmittag im Mai mit Oskar vom Frankfurter Flughafen aus zu ihrem Wochenendtrip nach Barcelona startete. Ein Trip, der nicht ohne Folgen bleiben sollte, der Oskar fast seinen Beruf gekostet hätte, in jedem Fall aber seinen Ruf in gewisser Weise beeinträchtigte, denn Bad Sattenheim war nicht Berlin, wo manche außerordentliche Nachricht in der Fülle derselben unterging.

Als der City-Hopper mit Helene und Oskar an Bord am späten Nachmittag schließlich planmäßig auf die Startbahn West rollte und nach Erreichen der zum Abheben nötigen Geschwindigkeit die Nase steil gen Himmel richtete, fiel wie immer jeglicher Streß von Helene ab, sie preßte die Hand von Oskar, der seinen Kopf an ihren lehnte und tief durchatmete.

„Freust du dich auch so auf Barcelona?"

„Genau wie du", sagte er, „hoffentlich haben wir schönes Wetter."

„Der Reiseführer schreibt etwas von siebzehn Sonnentagen im Mai, aber das ist nicht so wichtig."

„Ist nicht wichtig?"

„Etwas ganz anderes ist mir an dieser Reise wichtig."

„Du sprichst in Rätseln."

„Laß dich überraschen."

„Muß ich dich auf einer Schubkarre zu Gaudi rollen?"

Helene lachte. „Nicht ganz, aber ich habe ein Auto gemietet."

„Wozu denn das?"

Sie antwortete nicht auf seine Frage, sondern drückte wieder seine Hand und schaute auf die Wolkendecke, die in einem tiefen warmen Rot erstrahlte im Sonnenuntergang.

„Schau", sagte sie, „schon allein deswegen lohnt sich der Flug."

Er nickte und genoß den Anblick des alle Augenblicke wechselnden Rots, der Formen der Wolken, es half ihm beim Abschütteln der Bilder aus der Klinik, der Verletzten, Kranken, frisch Operierten, Leidenden, der Gespräche mit den Angehörigen. Er hatte sich an diese gelegentlichen Wochenendausflüge gewöhnt, die in der Regel ohne Komplikationen verliefen und immer irgendeine geschickte Dramaturgie besaßen, da Helene sie perfekt vorbereitete.

Er konnte nicht wissen, daß für Helene dieser Ausflug nicht war wie alle anderen, daß es für sie in gewisser Hinsicht eine Fahrt in die Vergangenheit war, die freilich in Deutschland stattgefunden und von der sie ihm bisher nichts erzählt hatte.

Und Helene konnte nicht wissen, daß trotz ihrer perfekten Vorbereitung dieses Wochenende anders ausgehen sollte als geplant.

Sie wußte aus einem Spezialreiseführer von besonderen Aussichtspunkten oberhalb von Barcelona, die hauptsächlich von jungen Leuten aufgesucht wurden. Genaue Ortsangaben hatte sie nicht, doch da Barcelona zwischen Berg und Meer lag, durfte es nicht schwierig sein, fündig zu werden. Anders als

sonst hatte Helene auch kein Innenstadthotel ausgesucht, sondern ein kleines Hotel in einem Vorort, von
dem aus man schnell sowohl ans Meer als auch ins
Küstengebirge gelangen konnte, an das Barcelona
sich bis über den Kamm hinaus auf die andere Seite
schmiegte. Helene folgte einem romantischen An-
trieb, einer Nostalgie, der die Erinnerung an die
Après-Tanzstunden-Nächte mit Hermann noch weiteren Vorschub geleistet hatte. War es am Ende ein
verzweifelter Versuch, noch einmal jung sein zu wollen, eine Verzweiflung, der sie sich selbst gar nicht
bewußt war?

Sie schaute auf die immer dunkler werdenden
Wolken, deren Rot allmählich in Lila und Schwarz-
blau überging. Sie überflogen Alpentäler, in denen
Tausende von Lichtern aufblitzten, und sie dachte
daran, wie es früher gewesen war mit Oskar, als sie
sich gerade kennengelernt hatten. Die Ideen waren
schon immer von ihr gekommen, doch so nüchtern
Oskar auch war, so leicht konnte sie ihn immer überreden. Sogar auf ausgesprochene Torheiten konnte er
sich einlassen. Während sie in die Tiefe schaute und
fasziniert die Lichtpunkte in den schneebedeckten
Gebirgszügen betrachtete, erinnerte sie sich an jenen
Fahrrad-Sommerurlaub im Allgäu, als sie in einem jener schmucken Alpendörfer einmal Sex in einem
Beichtstuhl mit Oskar gehabt hatte.

Als sie Marseille überflogen, war Oskar eingeschlafen, sein Kopf lag auf Helenes Schulter.

„In dreißig Minuten werden wir in Barcelona lan-
den, die Temperatur beträgt dort zur Zeit 17 Grad, es

herrscht gute Sicht", ertönte es aus dem Lautsprecher. Helene äugte angestrengt durch das Bullauge, vereinzelt konnte sie noch winzige Lichter von Schiffen in der Schwärze der Meeresoberfläche entdecken, Marseille verblaßte, der City-Hopper nahm Kurs auf die Costa Brava. Helene liebte das zuverlässige, gleichmäßig starke Dröhnen der Düsentriebwerke, die es möglich machten, innerhalb von knapp zwei Stunden die Alpen zu überqueren und das Mittelmeer zu erreichen. Helene freute sich auf das Ambiente einer spanischen Bar, in der sie mit Oskar das Nachtmahl einnehmen würde, hätten sie erst einmal ihr Hotel gefunden. Die einzige Schwierigkeit, die sie noch zu überwinden hatten an diesem Freitagabend, war, daß sie sich, anders als sonst, nicht von einem ortskundigen Taxi an ihr Ziel bringen lassen konnten, sondern mit einem Mietwagen dahin gelangen mußten.

„Ich weiß nicht, ob es eine so gute Idee war, einen Mietwagen zu nehmen", sagte Oskar, als sie ihr Auto auf einem Parkplatz des Flughafengebäudes in Empfang nahmen. „Wir kennen uns doch hier überhaupt nicht aus."

Statt des gebuchten deutschen Modells mit Navi mußten sie mit einem Koreaner ohne vorliebnehmen. Es stand kein anderes Auto zur Verfügung.

„Auch noch eine Automatik", bemerkte Oskar, der nichts so haßte wie Automatik-Autos, „und wozu ein Kombi?"

„Mir macht es nichts aus zu fahren", sagte Helene, „wenn du mich lotst."

Sie beluden den Wagen mit dem wenigen Gepäck, das sie hatten, und fuhren los. Oskar hielt die Wegbeschreibung des Reisebüros zum Hotel nebst einem Stadtplan von Barcelona auf den Knien, doch wegen der Dunkelheit konnte er fast nichts erkennen. Helene, die sonst an alles dachte, hatte die Taschenlampe vergessen. So mußten sie mit eingeschalteter Innenbeleuchtung fahren, was die Orientierung für Helene noch schwieriger machte, als sie schon war. Die Ausfahrt an dem palmengesäumten Parkplatz von El Prat, vorbei an dem auf einer eisernen Rosinante reitenden Don Quixote, fanden sie noch problemlos. Dann orientierten sie sich anhand der grünen Ronda-Schilder in Richtung Stadt. Es herrschte dichter Verkehr, Helene fand, die Autos führen alle viel zu schnell, dort, wo achtzig angegeben war, überholte man sie mit mindestens einhundertzwanzig, und das von rechts, sie durchfuhren Industriegebiete, die sich mit Gemüsefeldern abwechselten, schließlich tauchten Wohnblocks auf. Oskar suchte angestrengt nach Anhaltspunkten für die angegebene Ausfahrt.

„Das geht alles zu schnell, und man sieht nichts", fluchte er.

Helene war der Ansicht, noch langsamer könne sie nicht fahren, dann würde es gefährlich, und als Oskar die angegebene Ausfahrt erkannte, fuhren sie auch schon daran vorbei. Oskar fluchte, Helene beruhigte, sie nahmen die nächste Abfahrt, die aber erst drei Kilometer später kam, fuhren hinaus ins Gewirr der Vorstadtstraßen mit seinen immer gleich aussehenden Wohnblöcken, Kreuzungen und Reklameschildern. Sie waren nach kurzer Zeit verloren. Entweder gab es keine Straßenschilder, oder der Plan stimmte offensichtlich nicht mit der Wirklichkeit überein. Helene fuhr auf den Standstreifen.

„Willst du fahren?"

„Das hat auch keinen Zweck. Ich glaube, das mit dem Mietwagen war überhaupt keine gute Idee. Man kann eben nicht in eine fremde Großstadt hineinplatzen und glauben, man könne sich dort zurechtfinden wie zu Hause." Oskar schaute sie vorwurfsvoll hinter seiner blauen Designerbrille an.

„Darüber möchte ich jetzt nicht diskutieren", sagte Helene, die sich verantwortlich fühlte für den Ausgang des Abends und sich auf keinen Fall ihre romantische Stimmung verderben lassen wollte.

„Weißt du was, wir nehmen uns einen Lotsen, dahinten kommt ein Taxi."

Und schon öffnete sie die Tür, stellte sich an den Straßenrand und winkte. Das Taxi hielt. In einer Mischung aus Englisch und Deutsch und mit Hilfe der Skizze konnte sie dem Taxifahrer ihre Absicht klarmachen.

„Hotel Voramar, Sarrià?", fragte der stoppelbärtige alte Taxifahrer noch einmal zur Bestätigung, dann schwang sich Helene wieder in den Wagen und sie fuhren hinter dem gelbschwarzen alten Peugeot hinterher, der seine grüne Lampe an der Windschutzscheibe und auf dem Dach gelöscht hatte.

Der Lotsen-Trick ersparte Oskar und Helene viel Zeit und rettete die Wochenendstimmung, denn das alte Peugeot-Taxi geleitete sie sicher wie ein fahrendes Leuchtfeuer zu ihrem Hotel, das in einem dicht bebauten Viertel am Hang des Collserola unweit einer der breiten Einfallstraßen in die City an einer verwinkelten Plaza, eingebaut zwischen Wohnhochhäusern, lag. Während Helene den Wagen in die enge Tiefgarage manövrierte, erledigte Oskar die Formalitäten an der Rezeption, an der geschäftiges Treiben herrschte. Die Gäste schienen alle Einheimische zu sein, vor allem aber waren sie recht jung. Der ebenfalls noch jugendlich wirkende Mann an der Rezeption bestätigte Oskar, daß sie beinahe die einzigen ausländischen Touristen seien, und erklärte ihm in gebrochenem Englisch, daß am Wochenende gerne junge Paare ins Hotel kämen, um das Nachtleben von Barcelona zu genießen. Oskar vermutete stark, dass Helene das Hotel gerade deswegen ausgesucht hatte. Sie fühlte sich grundsätzlich mehr zur Jugend hingezogen, was in diesem besonderen Fall jedoch nicht nur von Vorteil war, wie sich bald herausstellen sollte. Oskar hoffte, daß nun der anstrengende Teil der Reise mit dem Finden des Hotels und der Aushändigung des Zimmerschlüssels abgeschlossen war. Auf der anderen Seite der Plaza fanden sie die von Helene erträumte authentische Bar. Sie hieß „Marisol", und der mit Tapas dekorierte Tresen weckte sogleich ihren Appetit. Das Ambiente stimmte, es war laut und voll, voll auch von mediterraner Heiterkeit. Sie ließen sich an einem Tisch mit Blick auf die Plaza nieder. Als der vino tinto kredenzt

war, das berühmte pan con tomate vor ihnen in Oli-
venölpfützen auf dem Teller lag und der iberische
Schinken, die calamares, croquetas und andere Köst-
lichkeiten zum Verzehr aufforderten, entspannte sich
endlich auch Oskar, dem die Anstrengungen des Tages und die Strapazen der Reise ins Gesicht geschrieben standen.

Oskar war eben keine dreißig mehr, der Altersun-
terschied zwischen ihnen machte sich allmählich
deutlicher bemerkbar. Während Helene nach ihrem
erst kürzlich gemeinsam absolvierten Wochenend-
Tantriker-Seminar von den noch unerschlossenen
und für sie unversiegbar gehaltenen Quellen der Lust
und der Schönheit eines erarbeiteten Orgasmus
schwärmte, kommentierte Oskar lapidar: „Wozu soll
ich stundenlang auf etwas warten, wenn ich es auch
in drei Minuten haben kann." So war Oskar. Einer-
seits. Aber welcher Mann – wenn er nicht gerade aus
der Heimat des Karnevals stammte – würde ein
Eselskostüm im Bett tragen und seine Frau auf der
Schubkarre fahre?

Sie leerten die Flasche bis auf den letzten Tropfen,
eine leicht nach Vanille schmeckende 95er Reserva
aus La Rioja, beendeten das Mahl auf Rat des freund-
lichen Kellners nach landesüblicher Art mit Crema
catalana und Café con Leche und begaben sich zu
Bett, um, wie sie glaubten, sich dem wohlverdienten
und köstlichen Schlaf hingeben zu können. Helene
wußte, daß mit Oskar freitagabends und nach dem
Genuß einer Flasche Rotwein in der Regel nicht mehr
allzu viel anzufangen war, von daher erwartete sie

nichts Besonderes mehr als eben Schlaf und verlegte gedanklich alles Weitere bereits auf den Samstagabend.

Während sie ihr Zimmer aufsuchten, gaben andere den Zimmerschlüssel gerade an der Rezeption ab, um auszugehen. Ihr Zimmer lag im zweiten Stock, von Blick konnte keine Rede sein, das Fenster ging zu einem Hinterhof, der umgeben war von Wohnblocks. Viele Fenster waren erleuchtet, man konnte unterschiedliche Radio- und Fernsehprogramme und Musikanlagen vernehmen. Alle Stilrichtungen, von Techno über Salsa bis Flamenco, waren akustisch vertreten. Überlagert wurde diese Musik von der spanischen Version von Happy Birthday, von Kinderstimmen gesungen, zumindest schloß Oskar das aus der Melodie, die in den folgenden Stunden immer wieder abgespielt werden sollte und die sie noch lange gegen ihren Willen im Ohr behielten.

Von Schlafen konnte keine Rede sein. Ganz anders als in Sattenheim wurde die Nacht, je weiter die Uhr fortschritt, desto lauter. Müllwagen wurden geleert, das schauerliche Geheul von Ambulanzsirenen ertönte in regelmäßigen Abständen, später kamen die Hotelgäste zurück, deren Schritte über die Marmorböden hallten, Schritte, die sich in den Zimmern über, unter und neben Oskar und Helene fortsetzten, sich in Bettgeräusche verwandelten, schließlich in Liebesarbeit, in allen Zimmern schienen die Betten auf den glatten Böden herumzuwandern. Gegen halb drei

Uhr morgens war es im Hotel lebendiger als bei ihrer Ankunft, und Helene sagte:

„Wenn wir schon nicht schlafen können, können wir ebenso gut aufstehen. Ich habe eine Idee."

Oskar, der sich seit drei Stunden schlaflos auf seiner Matratze herumwälzte, sagte:

„Jede Idee, die dazu führt, daß ich aus diesem Irrenhaus herauskomme, ist mir willkommen."

„Wie wär's, wenn wir in Ruhe Mond und Sterne betrachten. Schlechter als jetzt werden wir morgen früh auch nicht schlafen."

„Wenn du weißt wo?"

Oskar mußte ziemlich verzweifelt sein, wenn er so pauschal einer Idee zustimmte.

„Wenn wir uns mit dem Wagen eine ruhige Stelle irgendwo an einem der Aussichtspunkte oben an einem ruhigen Hang über Barcelona suchen?"

„Einverstanden, aber nur unter Anwendung des Lotsentricks."

„Was willst du mit der Decke?", fragte Oskar, als Helene sich am Bett zu schaffen machte.

„Falls es kühl wird."

Als sie an der Rezeption vorbeikamen, lachte der junge Angestellte und sagte:

„Are you going to dance?"

Junge Paare kamen ihnen angeheitert entgegen und gingen, sich laut unterhaltend und lachend, auf ihre Zimmer. Helene holte den Wagen aus der Garage. Die Luft war lau, es roch nach Blütenstaub und jungem Grün. Ein Taxi war rasch gefunden, Helene erklärte ihr Anliegen, der Taxifahrer nickte, sie fuhren los, Oskar bestand dieses Mal darauf, sich selbst ans Steuer zu setzen, er verwechselte, zum Glück noch in der Ausfahrt der Garage, beim Anfahren die Rückwärts- mit der Vorwärtsstellung, fluchte über die Automatik, den koreanischen Schrott. Die Minikarawane setzte sich in Bewegung.

„Zu einem Aussichtspunkt oben am Berg, wo man einen schönen Blick auf das nächtliche Barcelona hat", lautete der Auftrag für den dicken Taxifahrer, der Helene seltsam musterte, als sie ihm ihr Anliegen beschrieb.

Daß Oskar selber fahren wollte, interpretierte Helene als gutes Zeichen. Es gab Phasen bei ihm, in denen er einen Schub bekam, die Initiative an sich riß und aus dem Routineverhalten, zu dem ihn seine Arbeit zwang, ausbrach.

Der Verkehr hatte deutlich nachgelassen, doch die Autos, die unterwegs waren, fuhren noch schneller als bei ihrer Ankunft, es waren jetzt sehr junge Leute unterwegs. Bald schon hatten sie die Stadt hinter sich gelassen, die Bebauung lockerte auf, sie passierten altehrwürdige Jugendstilvillen, Glyzinienhecken, Natursteinmauern, fuhren parallel zu einer Bahnstrecke, die in einem Tunnel verschwand, die Rücklichter der Taxe verloren sich jetzt immer häufiger hinter den steilen Serpentinen, die zum Kamm des Collserola führten, die Aussicht auf den dicht gewebten Lichterteppich von Barcelona, der über zwei Hügel schwappte und sich nach Norden und Süden im Unendlichen zu verlaufen schien, wurde immer spektakulärer. Auf halber Höhe erreichten sie einen Aussichtspunkt, einen Parkplatz, der erstaunlich voll war. Der Taxifahrer, der wie ein Faß hinter seinem Steuer lag, hielt an, sagte, sich umblickend:

„Is this what you want?"

Helene nickte, gab ihm einen Schein, der Taxifahrer drehte, hier gab es keine Kunden, hierher gelangte man nachts nur mit dem Auto oder gar nicht.

Als Oskar sich anschickte einzuparken, wurde er schwungvoll von einem kleinen Seat überholt, der in die letzte Lücke schlüpfte.

„Das gibt es ja nicht", sagte Oskar, „fast halb vier und bis auf den letzten Platz besetzt."

Und beim zweiten Hinsehen erkannte er, daß die Scheiben der meisten Wagen beschlagen waren, einige waren mit Zeitungen verhängt, aus Fensterschlitzen quoll Zigarettenrauch, ertönte Musik, manche Wagen bewegten sich leicht hin und her.

Helene hatte ihr Ziel gefunden. Sie stellte das Radio an, suchte Musik, schwieg.

„Bemerkenswerter Ort", sagte Oskar und fügte, nachdem er das Ganze eine Weile betrachtet hatte, hinzu: „Weißt du, daß mich das stark an meine Tanzstundenzeit erinnert, mein Vater gab mir damals immer das Auto, um meine Tanzstundendame abzuholen und nach Hause zu bringen. Auch wenn das hier vielleicht keine Tanzschüler sind."

„Du warst in der Tanzstunde und hast Tanzstundendamen nach Hause gebracht?"

„So können wir hier nicht stehen bleiben", sagte Oskar. „Der nächste, der rausfährt, dem stehen wir im Weg. Fahren wir doch einfach ein paar Serpentinen höher, das ist mir zu voll hier. Bei dem Bedarf gibt es bestimmt noch mehr Plätze."

Es gab keinen Zweifel, Oskar war auf einmal hellwach, irgendetwas bewegte ihn, erregte ihn. War es der Hauch von Abenteuer, der starke Kaffee, das Gefühl, weit weg von zu Hause zu sein, seine Erinnerung an früher, das mediterrane Ambiente, die Pinien, Sansevierien und meterhohe Agavenblütenständer, deren bizarre Formen sich auch in der Sternennacht gegen den Himmel abhoben? Helene war froh. Der Ausflug verlief bisher nach Wunsch, Oskar nahm die Serpentinen so schwungvoll, daß Helene sich fürchtete.

Schon nach wenigen hundert Metern rief sie:

„Da geht ein Weg ab."

Sie folgten einer Sand- und Schotterpiste, die sie an alleinstehenden kleinen Sommerhäusern und protzigen Villen vorbei immer parallel zum Hang nach Norden führte, sie schienen durch ein Spalier von Wachhunden zu fahren, die das Vorbeifahren des Wagens mit häßlichem Bellen begleiteten. Immer wieder kamen sie auch an Autos mit beschlagenen Scheiben vorbei. Als sie das letzte Haus passiert hatten, hielt Oskar an, drehte den Wagen schräg zum Weg, so knapp, daß Helene beinahe aufschrie, denn rechts vom Weg fiel ein Kakteenhang steil ab, an dessen Ende ein Bungalow mit Swimmingpool stand. Seine Wasseroberfläche glänzte silbrig im Mondlicht.

Nachdem Oskar den Wagen so hinmanövriert hatte, bot sich ihnen durch die Windschutzscheibe ein phantastischer Ausblick über das nächtliche Barcelona. Sie konnten die Lichter der einlaufenden Schiffe, die hell erleuchteten Hafenanlagen erkennen, weiter südlich den Flughafen. Vom Hang unter ihnen ertönte Hundegebell. Im Radio erklangen brasilianische Rhythmen. Oskar schaute Helene von der Seite an, die sich anscheinend nicht sattsehen konnte an der Stadt, da fiel sein Blick auf ihre Bluse, unter der im Mondlicht deutlich ihre Trulli-Brüste zu erkennen waren. Hatte sie in der Eile des Aufbruchs vergessen, ihren Büstenhalter anzulegen oder ihn absichtlich weggelassen? Sie war nicht nur eine gute Innenarchitektin, sie spielte gut Schach und liebte Strategien mit Knalleffekt.

Oskar fühlte sich tatsächlich ein wenig in seine Tanzstundenzeit zurückversetzt. Nur war das Ambiente ungleich romantischer. War es das Mondlicht, das Helenes Brüste durchschimmern ließ, war es das mediterrane Ambiente, die Tatsache, daß augenscheinlich der ganze Berg vor Autosex vibrierte, Oskar fühlte sich auf einmal wacher als am Morgen und jünger als zuvor und wünschte sich, Helene ganz nahe zu sein, so nah wie möglich, ein Gedanke, der ihm vorhin im Bett, als sie sich ganz nahe waren, merkwürdigerweise nicht eingefallen war.

„Weißt du, warum ich Automatik hasse?"

„Nicht wirklich."

„Weil der Schaltkasten so breiten Raum einnimmt. Du bist viel zu weit weg."

„Wozu gibt es den Rücksitz?"

Helene lachte, ein ganz jugendliches, freches Lachen.

Sie machten es sich auf dem Rücksitz bequem, so daß sie sich nahe waren und doch gemeinsam hinunter auf die Stadt schauen konnten.

Es war ein schöner romantischer, unbeschwerter Augenblick, in den sich immer deutlicher die Lust mischte. Oskars Fingerspitzen umkreisten Helenes Trulli-Brust, sein Hosengürtel war gelockert und Helene war dabei, ihre Hose über die Hüften zu streifen. Bei beiden stiegen Erinnerungen auf: Bei Helene waren es die an den Teutoburger Wald, bei Oskar die an den Grunewald, und obwohl beide nicht mehr die körperliche Geschmeidigkeit besaßen wie früher, Oskars Leibesfülle dem Sich-Drehen und Wenden auf einem Autorücksitz eher hinderlich war, kamen sie ihrem Ziel näher.

Es kann nicht ausgeschlossen werden, daß Helene mit Oskar ihre Jugend in dem Mietwagen fern von der Heimat wiederentdeckt hätte, wenn sich nicht in diesem Moment ein Auto genähert hätte, das nicht etwa an ihnen vorbeifuhr, sondern so, als gäbe es nicht weit und breit genug Platz, sich genau neben sie stellte. Durch die noch nicht genug beschlagenen Scheiben konnten sie sehen, daß ein junges Paar darinsaß.

„Was soll denn das jetzt?", fluchte Oskar und drückte als erstes die Türknöpfe herunter.

„Die werden das Gleiche wollen wie wir, Liebling. Reg dich nicht auf!"

„Es ist mir zu dicht, außerdem haben sie uns die Aussicht vermasselt."

„Das stimmt", seufzte Helene, die die Felle ihres vielleicht romantischsten Abends wegschwimmen sah.

„Ich fahre einfach ein Stückchen weiter, was soll das."

Oskar war in Rage, es hatte keinen Zweck zu versuchen, ihn aufzuhalten, obwohl das wahrscheinlich den folgenschweren Fehler vermieden hätte, der den Mondscheinabend endgültig zunichtemachte. Oskar steckte sein Hemd in die Hose, die er flüchtig zusammenhielt, stieg aus, setzte sich ans Steuer, ließ den Wagen an und verwechselte erneute die Rückwärts- mit der Vorwärtsstellung. Sein Fluch: Scheiß-Automatik! konnte den Irrtum nicht rückgängig machen. Der Wagen machte einen Satz nach vorne und fuhr den Abhang hinab. Helene griff instinktiv zum Sicherheitsgurt und schrie: „Schnall dich an!" Sie schloß die Augen. Der Wagen schlidderte, rumpelte und schubberte durch die Kakteen, diese teils mit sich reißend, teils darüber hinweg stürzend, überschlug sich aber nicht, bekam immerhin so viel Schwung, dass er am Ende des Hanges schließlich die den Bungalow einfriedende Hecke samt Metallzaun durchbrach. In dem Moment, öffnete sich der Fahrer-Airbag mit einem gewehrschussartigen Knall. Die Vorderreifen rutschten über den hinter dem Zaun befindlichen Swimmingpoolrand, der Wagen neigte sich mit der Schnauze nach vorne, sank ein und kam zum Stehen, als er den Grund berührte. Während das

Hinterteil steil in die Luft ragte, steckte der vordere Teil des Wagens bis zur Windschutzscheibe im Wasser. Unheimliche Gluckergeräusche stiegen auf, irgendwo bellte laut, nachhaltig und bösartig ein Hund.

„Bist du okay?", fragte Helene, die in ihrem Sicherheitsgurt mehr hing als saß und besorgt nach Oskar schaute, der wie sie vom Sicherheitsgurt aufgefangen und dessen Gesicht vom Airbagstoff eingehüllt war.

„Ich kann meine Hände nicht bewegen."

„Ich mache dich los, dann kommst du nach hinten und wir gehen gemeinsam raus. Ich glaube, der Pool ist nicht ganz voll."

Das Kläffen des Hundes klang nun ganz nahe.

Mit Helenes Hilfe gelangte Oskar schließlich irgendwie auf die Rückbank. Das Aufdrücken der hinteren Tür war nicht ganz leicht, erwies sich aber als sinnlos. Das, was sie vorher nur als Hintergrundgeräusch wahrgenommen hatte, erwies sich nun als ernsthaftes Hindernis. Am Swimmingpoolrand gebärdete sich ein ausgewachsener kräftiger Rottweiler mit silbernem Halsband wie toll. Er war zunächst beim Auftauchen des Wagens erschrocken hinters Haus geflohen, hatte sich dann aber seiner Aufgabe als Wachhund besonnen und ließ das fremde Objekt mit den Havarierten unter wütendem Gebell nicht mehr aus den Augen.

Die Rettung der beiden Wochenendausflügler kam aus dem Wagen, der sie gewissermaßen ins Unglück gestürzt hatte. Die spektakuläre Abfahrt des

Nachbarautos über den Kakteenhang war dem spanischen Liebespaar nicht entgangen. Über ihr Handy riefen sie Hilfe herbei. Und so waren Feuerwehr, Krankenwagen und Polizei schon nach kurzer Zeit zur Stelle. Der Rottweiler wurde eingefangen – die Besitzer weilten offensichtlich nicht zu Hause –, Helene und Oskar, die in eine Decke gehüllt auf der durchnässten Rückbank saßen, aus ihrem Gefängnis erlöst und in eine nahe gelegene Privatklinik gebracht. Während Helene unversehrt aus der Geschichte hervorging, wurde bei Dr. Oskar Meyerling der Bruch beider Handgelenke diagnostiziert. Ein Gips erwies sich als unumgänglich.

„Das ist das Ende meiner Karriere als Chirurg!", stöhnte Oskar, als sie eine Taxe vom Krankenhaus zum Hotel brachte. Oskar war den Tränen nahe, Helene aber sah in dem Ganzen eine Chance. Noch während sie die Formalitäten mit Behörden, Krankenhaus, Autovermieter und Fluggesellschaft regelte, überlegte sie sich, wie dem Wochenenddesaster noch etwas Positives abzugewinnen war. Als das Flugzeug am Montagmorgen bei gleißendem Sonnenschein in Richtung Frankfurt startete, wußte sie es: Oskars Gipshände waren die Gelegenheit, auch sein Knie in Ordnung bringen zu lassen. Sie hoffte, sein Widerstand gegen eine Operation würde nun vielleicht geringer ausfallen. Er wäre ohnehin vollkommen auf ihre Hilfe angewiesen, wochenlang hätte sie nun, wenn schon nicht ein natürliches Kind, so wenigstens ein Mann-Kind zu versorgen, einen erwachsenen Säugling, dem sie ihre Trulli-Brust nach

Belieben geben oder entziehen konnte. Sogar auf Sex würde sie nicht verzichten müssen, auf Anhieb fiel ihr eine Stellung ein, beim weiteren Nachdenken noch eine. Und würde sich nicht sogar die Schubkarre wieder nützlich machen? Als Transportmittel für Oskar in der oberen Etage...?

Und wenn man sie in Bad Sattenheim fragen würde, wie Oskar zu seinem Gips gekommen sei, würde sie das Gerücht verbreiten, die Beine des unsoliden spanischen Hotelbetts seien, als sie sich heftig darin bewegt hätten, abgebrochen und Oskar sei dabei auf den Marmorboden gestürzt. Als sie Oskar diese Version im Flugzeug erzählte, deutete er an, daß er sie küssen wolle. Da er sie nicht an sich ziehen konnte, erledigte sie das für ihn, und wer weiß, was passiert wäre, wenn nicht in diesem Moment die Stewardeß mit den Getränken gekommen wäre...

Närrische Alte

Römisches Omelett

Orlando Hohenheim saß mit übereinanderge-
schlagenen Beinen auf dem Pult, schaute aus dem
Fenster des Kunstraums und formulierte in Gedanken eine Antwort auf die Frage eines Leistungskurs-
schülers nach der kulturellen Bedeutung des Eis bei
den Römern. Die Frage kam überraschend, denn Orlando Hohenheim, der innerhalb eines Pilotprojekts
der Schule als freischaffender Künstler an die Schule
gekommen war, hatte gerade über das Potential des
Roh-Eies als Poesiewerbeträger in der modernen Gesellschaft gesprochen. Die Frage des Schülers, die
eine Provokation sein konnte, aber nicht mußte, hätte
ihn nicht aus dem Konzept gebracht. Er hätte sie normalerweise beantwortet mit dem Hinweis auf den sogenannten Hühnerkaiser Octavianus Flaccus, der bekannt war für seine Hühnervölker, die er freilaufend
in seinem Palast hielt. Die Zahl der bunt gemischten
Hühnervölker entsprach genau der Zahl der im Römischen Reich lebenden Völker. Octavianus Flaccus
hätte gerne auch eines der germanischen Hühnervölker besessen, die den Ruf hatten, die Eier mit der
festesten Schale zu legen, doch seine Truppen war
wiederholt bei dem Versuch der Überschreitung des
Rheins geschlagen worden. Auch die Versuche, sich

eines Hühnervolks mit Hilfe von List, Diebstahl oder Täuschung zu bemächtigen, waren fruchtlos geblieben, die Germanen hüteten ihre Hennen wie ihre Kinder.

Den Hinweis auf Octavianus Flaccus verdankte Orlando seinem Vater, Hans-Erich Hohenheim, einem pensionierten Oberstudiendirektor und Maßanzugträger, der Latein und Germanistik studiert hatte, mit eigenen Forschungsarbeiten über den bisher von der Forschung nicht ernst genommenen Hühnerkaiser Octavianus Flaccus in der überschaubaren Nische der Altphilologie Furore gemacht hatte und seit kurzem in einem Altenheim Berlins in Lichterfelde-West mit dem ansprechenden Namen Tusculanum lebte. Als Orlando Hohenheim gerade ansetzte zu seiner Erklärung, die er dem Forschungseifer seines Vaters verdankte, öffnete sich die Klassentür. Der Direktor persönlich bat ihn auf den Flur. Die Schule habe einen Anruf aus dem Altenheim Tusculanum erhalten. Orlando Hohenheim werde dringend gebeten, sich dort unverzüglich einzufinden.

Während der Direktor den Unterricht übernahm, eilte Orlando zum Parkplatz, wählte noch im Gehen die Nummer seines Vaters, dann die Zentrale vom Altenheim, doch beide Nummern waren fortlaufend besetzt.

Es war gegen Mittag, Orlando steuerte den Wagen von Nord nach Süd über die Stadtautobahn, versuchte, die Geschwindigkeitsgrenzen nicht allzu sehr zu überschreiten, achtete wegen der Radarfallen verstärkt auf den Verkehrsfunk und dachte nach: Sein

Vater, der 85 Jahre alt war, besaß eine stabile Gesundheit. Wenn man ihn dringend ins Altenheim rief, mußte er sich dort noch lebendig aufhalten, denn bei einem Infarkt oder Schlaganfall hätte man ihn vermutlich ins Krankenhaus eingeliefert, und wenn er tot war, konnte es nicht dringend sein, denn die Leiche konnte ruhig eine Weile in dem Apartment warten, man lebte schließlich nicht in einem Land, wo man die Leichen aus religiösen Gründen nicht lange liegen lassen konnte. Außerdem war der Anruf, wie ihm der Direktor mitgeteilt hatte, von der Polizei gekommen.

Orlando dachte an die tiefe Antipathie, die sein Vater für den Heimleiter, einen Herrn Zaschke, hegte. Sie war wechselseitig und verhängnisvoll, weil sein Vater in gewisser Weise von Herrn Zaschke abhängig war. War es zu einem Zusammenstoß gekommen? Und wenn, welcher Art?

Der Senior hatte aufgrund seiner Vergangenheit als Schulleiter ein Gespür für Charaktere. Zaschke hätte, wie er Orlando unmittelbar nach dem Einzug wissen ließ, eine Hausmeistermentalität. Er, der eigentlich eine Dienstleistung erbringen sollte, spielte sich schon bald als Herrscher auf und stellte wie die meisten der Hausmeister, die Hans-Erich Hohenheim im Laufe seines langen Berufslebens kennengelernt hatte, nach Erhalt der Stelle die Sache auf den Kopf: Er diente nicht, sondern er sabotierte. Erschwerend kam hinzu, wie Herr Hohenheim herausbekommen hatte, daß Zaschke früher einmal bei der Volkspolizei im Osten Feldwebel gewesen war, also eine niedrig rangierende Unteroffiziers-Charge, zehn Gehaltsstufen unter seiner. Das Gefälle zwischen dem ehemaligen Oberstudiendirektor und dem Heimleiter hätte größer nicht sein können. Hans-Erich Hohenheim monierte denn auch schon bald die Manieren von Zaschke, der seiner Meinung nach auf die Wünsche der Heimbewohner nicht genügend oder gar nicht einging, selten verfügbar und zudem häufig im Trainingsanzug zu sehen war, bestehend aus Sportjacke und Hose in Blau mit weißen Längsstreifen. Dies machte ihn Hans-Erich Hohenheim nicht sympathischer. Er rechnete diese Marotte, wie er es nannte, seiner militärischen Vergangenheit zu.

Einmal hatte der alte Herr bei geöffnetem Fenster in seinem Apartment gesessen, als er ein metallisches Getrappel vernahm. Er konnte es zunächst nicht interpretieren, dann assoziierte er damit Polizeipferde, allerdings stark abgemagerte, eine vom Sparwahn gezeichnete Polizeireiterei. Er hatte sich vergewissern wollen, sich erhoben und dann eine Gruppe von Nordic Walkern aus dem Altenheim erblickt, nur aus Frauen bestehend, denen Zaschke im immer gleichen Sportdress voranschritt. Was für eine seltsame Kohorte, hatte er gedacht: Fehlt nur noch das Feldzeichen. Wenn Octavianus Flaccus sehen könnte, was aus den Germanen geworden ist! Dann hatte er sich ausgeschüttet vor Lachen, hatte sogar aus dem Fenster gelacht, was Zaschke bemerkt hatte.

Überhaupt war Hans-Erich Hohenheim von seinem Sohn nur mit Mühe zu überzeugen gewesen, in ein Altenheim zu ziehen. Es bedurfte handfester negativer Erfahrungen auf dem freien Wohnungsmarkt Berlins, bis der alte Herr sich an diesen Gedanken gewöhnt hatte.

Er stimmte schließlich zu, ins Tusculanum zu ziehen, ein Neubau, auf Klassizismus getrimmt, mit Säulenzitaten und Wandmalereien bukolischer Landschaften im Vestibül und auf den Fluren. Mit dem Namen des Altenheims konnte sich der alte Herr unschwer identifizieren, mit der Lage im gutbürgerlichen Villenviertel auch. Die in die Mosaikfußböden des Eingangsbereichs des Tusculanum eingelassenen Weisheiten und Sinnsprüche des Seneca wie: „Das Gefühl, genug gelebt zu haben, ergibt sich nicht aus der Zahl der gelebten Jahre, sondern aus geistiger Erkenntnis", sprachen ihm aus der Seele.

Der Konflikt zwischen Zaschke und dem Vater entzündete sich immer wieder am Essen. Der Senior beklagte sich über die Einheitssuppen und -soßen, die alle Gerichte gleichmäßig begleiteten wie Schatten das Licht. Besonders erbost war er über Fleischgerichte, die sich auf Grund ihrer Zähigkeit für Gebißträger als ungenießbar erwiesen. In der Systematik, mit der solche Gerichte immer wieder auf den Tisch kamen, wollte Hans-Erich Hohenheim einen revanchistischen Sadismus Zaschkes, begründet in dessen Vergangenheit, erkennen. Ermahnungen, ja schriftliche Eingaben, hatten nichts gefruchtet, so daß Hans-Erich Hohenheim, der nichts gegen Fleischverzehr hatte, dazu übergegangen war, an Fleischtagen sich in seiner Apartmentküchenzeile selber etwas zuzubereiten. Doch zuvor hatte er, wie er Orlando bei einem Besuch stolz mitteilte, Beweismittel gesichert.

„Was für Beweismittel?", hatte Orlando gefragt.

Daraufhin hatte ihm der Vater eine Reihe von Plastikdosen gezeigt, säuberlich beschriftet. Die seiner Meinung nach ungenießbaren Fleischgerichte bewahrte er im Tiefkühlfach seines Kühlschranks auf.

Orlando wußte auch, daß sein Vater mit Zaschke einige Diskussionen über den Speiseplan und die Eignung des Kochs geführt hatte, sinnlos, wie er nach einiger Zeit feststellte, weil Zaschke anscheinend nichts ändern konnte oder wollte. Orlando kannte auch die Geschichte von der Kopie einer hohen Rechnung, die Zaschke seinem Vater überreicht hatte, offenbar als Nachweis, daß das Heim nur Biofleisch einkaufte, worauf Hans-Erich Hohenheim Zaschke bei einer Begegnung im Korridor entgegen geschleudert hatte, dann müsse er eben den Koch entlassen. Daraufhin war Zaschke ihm mit der Theorie von der präventiven Demenzforschung gekommen, die erkannt hätte, daß über die Stärkung der Kaumuskulatur die Denkfähigkeit nachhaltig angeregt werde, woraufhin der alte Herr dem Heimleiter empfohlen hatte, möglichst viel zähes Fleisch zu essen, eine Ironie, die Zaschke nicht zu verstehen schien, jedenfalls zeigte er keine Reaktion.

Als Orlando vom Hindenburgdamm in Richtung Tusculanum abbog, kam eine Meldung über eine Geiselnahme in einem Altenheim in Lichterfelde, nach der ein mutmaßlich Verwirrter zwei Menschen in seine Gewalt gebracht habe. Orlando spürte, wie eine unbestimmte Unruhe in ihm aufstieg.

Vor einer Polizeiabsperrung musste er anhalten und sich ausweisen. Dann wurde er auf Umwegen zu Fuß zum Altenheim geleitet. Ein Meer von Ambulanzen und Polizeifahrzeugen verstopfte die engen Straßen um das Altenheim, als handele es sich um einen kapitalen Terroranschlag.

„Sie sind der Sohn von Herrn Hohenheim?", fragte der Einsatzleiter, der in der Telefonzentrale des Heims auf ihn wartete.

„Ja, man hat mich aus dem Unterricht geholt, etwas sei mit meinem Vater nicht in Ordnung."

„Ihr Herr Vater hat zwei Angestellte des Heims als Geiseln genommen und stellt seltsame Forderungen. Anscheinend ist er geistig verwirrt."

„Mein Vater war bis gestern immer klar", sagte Orlando.

„Ihr Vater fordert die Aufnahme des römischen Omeletts in den Speiseplan des Altenheims, das Verbot des Servierens von ungenießbarem Fleisch sowie die Entlassung des Heimleiters und des Kochs. Außerdem müßten die beiden vorher seine Beweismittel aufessen. Und zuletzt hat er nach Ihnen verlangt."

Dann fragte ihn der Einsatzleiter, ob er bereit sei, das Apartment seines Vaters zu betreten.

Orlando hatte keine Bedenken, mit seinem Vater zu reden. Er ging die Treppe hoch. Neben der Tür des Apartments kauerten maskierte Scharfschützen mit MPs und Pistolen.

Orlando klopfte.

„Ich bin´s, Vater, mach auf!"

„Bist du allein?"

„Ja."

„Wenn nicht, schieße ich sofort. Ein alter Frontkämpfer läßt sich nicht hereinlegen."

„Keine Sorge, ich bin alleine!"

Der Schlüssel drehte sich, die Tür öffnete sich.

„Und Sie bleiben schön sitzen, meine Herren", hörte er seinen Vater sagen.

Im feinen grauen Nadelstreifenanzug stand er mit dem Rücken zur Tür und hielt seine alte Militärpistole aus dem Zweiten Weltkrieg auf zwei Männer gerichtet - den Koch und den Heimleiter. Sie schauten ihn an. Er grüßte.

Der Koch wollte etwas sagen, doch er hatte den Mund voll, und Hans-Erich Hohenheim kommandierte:

„Ruhig weiteressen, meine Herren!"

Die beiden sahen in die Mündung der Pistole und setzten mit angewiderten Gesichtern ihre Zwangsfütterung fort, vor sich mehrere Teller mit unansehnlichen Fleischgerichten auf Papptellern. Die Mikrowelle war geöffnet.

„Du mußt mich bald ablösen, Orlando. Mein Arm wird müde. Diese Herren kauen zu langsam."

„Vater, was machst du da eigentlich?"

„Sie sollen einmal das essen, was sie uns hier vorsetzen. Dann lassen wir sie gehen."

„Und dann?"

„Dann machen wir uns ein römisches Omelett, Orlando. Und dann verlassen wir das Tusculanum", wobei er die Betonung auf die zweite Hälfte des Wortes legte und es gedehnt aussprach: Tuscul-Anum.

„Und dann fährst du mich in die ewige Stadt."

Bei der Erwähnung der ewigen Stadt kam ein Strahlen in das Gesicht des alten Herrn, das in der Frage erlosch:

„Du weißt doch, wie man ein römisches Omelett zubereitet?"

Und er fing an zu dozieren: „Das römische Omelett war die Grundlage der römischen Ernährung, es ist, was viele bestreiten, das Modell für die heutige Pizza gewesen, auch die spanische Tortilla hat sich aus ihm entwickelt."

Der Vater war so in seinem Element, daß er die Pistole sinken ließ. Orlando schaute ihn von der Seite an. Egal wie die Sache ausging, in jedem Falle hatte er eine gute Antwort auf die Frage des Schülers vom Vormittag.

Rauslassen

Alois K. war klein und schmächtig, dabei zuvorkommend und höflich und in seiner Umgebung nicht unbeliebt. Seit geraumer Zeit litt er jedoch unter Magenbeschwerden, die sich so verschlimmerten, daß er eines Tages einen Arzt aufsuchen mußte.

„Sie haben ein Magengeschwür, lieber Herr K.", sagte der Arzt nach einer eingehenden Untersuchung. „Ich kann Ihnen da ein wirksames Medikament aufschreiben, doch ich sage Ihnen gleich, so ein Magengeschwür bekommt man nicht von ungefähr. Das hat immer seine Ursache. Das Beste wird sein, Sie stellen sich noch einem Psychotherapeuten vor. Ich vermute, Ihr Magengeschwür hat eine starke seelische Komponente."

Alois K. ging also zu einem Therapeuten, erzählte von sich, von seiner resoluten Frau, Berta, von seinem strengen Chef, von seinem Beruf – er war Lochstreifenspezialist in einer großen Firma – und noch von verschiedenen anderen Dingen aus seinem Leben.

Der Therapeut sah ihm tief in die Augen: „Lieber Herr K., die Sache ist ganz einfach. Sie müssen mehr herauslassen. Sie fressen zu viel Kummer in sich hinein. Sie müssen Ihrer Frau einmal Kontra geben und Ihrem Chef auch. Lassen Sie den Ärger heraus, die Wut oder was es gerade ist. Das ist die geheime Botschaft Ihres Magengeschwürs."

Der Therapeut hatte ihn dabei so überzeugt angesehen, daß Alois K. sich augenblicklich besser fühlte. Ja, natürlich. Es war ganz einleuchtend. Warum war er selber nicht darauf gekommen? Er war ja immer viel zu höflich gewesen, zu bescheiden, zu rücksichtsvoll. Weg damit! Wer hätte ahnen können, daß es so einfach ist, ein Magengeschwür zu behandeln. Der Therapeut war einfach ein Genie. Hocherfreut und energiegeladen verabschiedete er sich.

„Sehen Sie, lieber Herr K., jetzt ist Ihr Händedruck gleich viel fester als vorher", sagte der Therapeut.

Fast wären Alois K. Tränen in die Augen gestiegen vor Glück. Als er die Praxistür hinter sich zugeschlagen hatte, ballte er gleich versuchsweise ein paar Mal die Faust. Er beschloß, nichts auf die lange Bank zu schieben. Gleich an der Bushaltestelle kam er zu einem ersten unverhofften Erfolgserlebnis. Eine kleine Gesellschaft von alten Schachteln mit Federn am Hut hatte sich da eingefunden. Widerwärtige Dränglerinnen, man sah es ihnen auf den ersten Blick an, die nur darauf warteten, als erste den Bus zu stürmen, um sich auf die freien Plätze zu werfen. Dabei waren sie allesamt rüstig, gut gemästet und keineswegs sitzplatzbedürftig. Besonders eine von ihnen mit lila Hut und roter Feder schickte sich schon zum Drängeln an, als der Bus in die Haltebucht einbog. Alois K. ballte die Faust in der Tasche und stellte ihr ein Bein. Sie fiel lang hin, der Hut mit der Feder rollte unter den rechten Vorderreifen und wurde zerquetscht. Als sie sich beschweren wollte, steckte er ihr seinen Handschuh in den Mund. Dann stieg er in den Bus, klopfte dem Fahrer auf die Schulter und sagte: „Einmal geradeaus ins Zentrum. Und ein bißchen zügig, wenn's geht. Ich muß nach Hause, mit meiner Berta reden."

Der Fahrer schaute ihn erstaunt an, sagte jedoch nichts, gab ihm den Fahrschein und fuhr los. Selbst Schuld, wenn er so weitermacht, bekommt er ein Magengeschwür, dachte Alois K.

Vor der Haustür angekommen, ballte er wieder die Faust in der Tasche und preßte sie dann kräftig auf die Klingel. Als Berta öffnete und der gewohnte Befehl „Schuhe aus!" ertönte, drückte er sie zur Seite – auch seine körperlichen Kräfte schienen sich verdoppelt zu haben – und ging gleich ins Wohnzimmer. Sie folgte ihm, blieb mit offenem Munde in der Tür stehen, stemmte die Hände in die Hüften und sagte: „Was soll denn das heißen?"

„Das soll heißen, daß jetzt Schluß ist mit dem Herumkommandieren."

„Schuhe aus!", bellte es da aus ihrem Mund.

„Klappe!", war seine Antwort, wobei er ihr mit der Faust drohte und gegen die Tür trat, die ihr gegen die Stirn schlug. Dies erkannte er an der Beule, die sichtbar wurde, als sie erneut die Tür öffnete.

Sie schien nichts begreifen zu wollen und so ließ Alois K. diesmal alles raus – der Therapeut hatte keine Mengenangaben gemacht - und schleuderte ihr die Tür erneut entgegen. Dann warf er ihr Verbandszeug hinterher, schloß die Wohnzimmertür ab und begann, Zeitung zu lesen.

Der übliche Blödsinn. Nur schlechte Nachrichten. Dasselbe wie vor zwanzig Jahren. Er beschloß, sich nicht länger veralbern zu lassen, zündete die Zeitung an und warf sie aus dem Fenster.

Kurz darauf hörte er empörte Stimmen von der Straße zu ihm heraufdringen. Er ging auf den Balkon. Unten stand ein aufgeregter Mann neben einem brennenden Cabriolet.

„Ich werde Ihnen die Polizei auf den Hals schikken", schrie er, „Sie Brandstifter!"

„Was regen Sie sich auf, Mann", gab Alois K. zur Antwort. „Sie stehen doch im Halteverbot und Autos gibt es ohnehin zu viele. Das weiß jedes Kind. Und sagen Sie nicht noch einmal Brandstifter zu mir!" Dabei drohte er ihm mit der Faust, drehte sich um und ging zurück ins Zimmer.

Doch das Geschrei auf der Straße hörte nicht auf. Diesen Krakeeler muß man zur Ruhe bringen, dachte Alois K., öffnete die Wohnzimmertür, stieg über Berta hinweg, die ohnmächtig vor der Tür lag, holte einen Eimer Wasser und goß ihn hinab über den Schreihals.

„Sehen Sie", fügte er hinzu, „ich bin nicht nur Brandstifter, sondern auch Feuerlöscher."

Bald darauf klingelte es. Ich kann mir schon denken, wer da vor der Tür steht, dachte Alois, darum machte er gar nicht erst auf, sondern zischte durch den Briefkastenschlitz: „Verdufte, du eingebildeter nasser Cabrioletbesitzer."

„Hier ist die Polizei", ertönte da eine Männerstimme. „Machen Sie auf!"

Auf solche blöden Witze falle ich natürlich nicht herein, dachte Alois. Das hätte mir früher passieren können, als ich ängstlich war und scheu. Er drehte sich um, ging zurück ins Wohnzimmer und legte sich eine Platte auf. Doch er hatte vergessen, daß der Plattenspieler einen Defekt hatte. Nie hatte er sich ganz in der eingestellten Geschwindigkeit gedreht, worüber er sich schon lange geärgert hatte. Dieses Mal sollte es das letzte Mal sein. Das mußte aufhören. Er nahm eine Marmorvase, die aus Bertas Mitgift stammte und die er noch nie hatte leiden können, und hieb sie mit Wucht auf den Tonkopf. Dieser gab keinen Mucks mehr von sich. Alois strahlte zufrieden.

Vom Flur her ertönte jetzt wieder: „Achtung! Hier Polizei. Machen Sie auf, sonst müssen wir die Tür aufbrechen."

Alois schaute durch den Briefkastenschlitz. Tatsächlich. Es sah nach Uniformen aus. Hatte doch der nasse Cabrioletist tatsächlich die Polizei geholt. Wie immer, dachte er, diese Autofahrer sind einfach zu feige, sich einer persönlichen Auseinandersetzung zu stellen. Bei jedem kleinen Kratzer holen sie die Polizei. Einfach würde er es ihnen jedenfalls nicht machen. Er dachte an den Therapeuten, erinnerte sich an den tiefen Blick in die Augen und handelte:

Zunächst rollte er Berta, die immer noch ohnmächtig auf der Erde lag, vor die Korridortür. Dann schob er zwei Bauernschränke davor, verspannte einige Rollen Stahlseil und ging wieder ins Wohnzimmer. Er fühlte, daß das Leben anfing, Spaß zu machen. Seinen Magen spürte er bereits nicht mehr. Ein

Zeichen, daß ich auf dem richtigen Weg bin, dachte er.

Aus dem Lärm an der Tür schloß er, daß die Polizei jetzt versuchte, mit Gewalt einzudringen. Ich werde mir den ersten Tag ohne Magenschmerzen doch nicht durch das Beantworten dummer Fragen verderben lassen, dachte Alois, und seilte sich in den Hintergarten ab, ging zur Sparkasse, hob seine Guthaben ab, kaufte sich eine Pistole und fuhr zum Flughafen.

Mit seinem neuen Lebensgefühl kam auch seine Phantasie zurück. Schon zu lange hatte er alles satt: Berta, seinen Chef und das ganze Land.

Da die Sicherheitskontrollen an diesem Tage lasch waren, gelang es ihm, seine Pistole mit dem Handgepäck ins Flugzeug zu schmuggeln. Er kaperte einen Düsenriesen, zwang den Piloten über der Firma seines Chefs im Tiefflug hinweg zu donnern, so daß das Dach wegflog, und befahl ihm, gen Süden abzudrehen. Dort angekommen, schickte er als erstes seinem Therapeuten eine Karte mit einem Bericht und sagte den nächsten Termin ab.

Goldene Strümpfe

Es war einer jener regnerischen, stürmischen Herbsttage, an denen man besser gar nicht erst aus dem Haus geht. Doch Roman wollte unbedingt noch eine Bewerbung zum Briefkasten bringen, von der er sich endlich einen Einstieg ins Berufsleben erhoffte. Lange genug war er nach seinem Hochschulabschluß in Kunstgeschichte schon auf der Suche nach Lohn und Brot. Der Briefkasten befand sich am Ende der Straße. Als Roman halbdurchnäßt von seinem Last-minute-Briefkastengang zurückkehrte, sah er nicht weit von seiner Haustür entfernt am Heck eines parkenden Kombis eine wild flatternde Klarsichthülle. Beim genaueren Hinsehen erkannte er in der Hülle eine alte Dame. In der einen Hand einen Rollkoffer, mit der anderen Versuche unternehmend, sich an dem glatten Heck des Kombis irgendwie Halt zu verschaffen, um vom Bordstein auf das Pflaster zu gelangen. Vielleicht hätte Roman gezögert mit seinem Anerbieten, ihr über die Straße zu helfen, wenn er gewußt hätte, worauf er sich einließ. So folgte er seinem spontanen Impuls, trat hinzu und stellte ihr im Heulen des Sturms die Frage, das heißt, er brüllte ihr fast ins Ohr: „Kann ich Ihnen helfen?" Sie sah ihn ängstlich an. Roman, in der Annahme, sie sei vielleicht schwerhörig, wiederholte die Frage, dieses Mal noch lauter. Schließlich sagte sie: „Warum brüllen Sie denn so?" Doch dann, nach einem Zögern, ließ sie sich von ihm den Rollkoffer abnehmen. Er faßte sie unter den

Arm. Ermutigt von seinem Griff, tat sie den entscheidenden Schritt auf die Straße. Sie schien gewichtslos wie eine Feder, seinen Schritt, den er auf Schildkrötentempo verlangsamt hatte, empfand sie noch als zu schnell. Als sie die Mitte der Fahrbahn erreicht hatten, näherte sich ein Krankenwagen-Kombi. Er hielt an. Der Fahrer ließ die Scheibe herunter und fragte, ob er helfen könne. Roman schaute die alte Dame an, diese schüttelte energisch den Kopf. Der Krankenwagen fuhr weiter, die alte Dame schaute ihm nach und sagte: In der letzten Zeit habe ich das Gefühl, diese Wagen verfolgen mich. Sie gingen weiter, Arm in Arm, und erreichten schließlich den gegenüberliegenden Bürgersteig. Der Regen hatte an Stärke noch zugenommen, und Roman hätte sich jetzt gerne schnell verabschiedet, doch der Gedanke, einen alten, hilflosen Menschen bei dem Wetter in der Dunkelheit auf der Straße zurückzulassen, hielt ihn davon ab. Deshalb fragte er sie, ob sie in der Nähe wohne, um sie eventuell nach Hause zu begleiten. Sie schaute ihn von unten herab mit ihren von Regentropfen übersäten Brillengläsern an. Er wiederholte seine Frage, worauf sie antwortete:

„Ich wohne nirgends mehr wirklich, junger Mann."

Da ihm die alte Dame leid tat und in dem Bewußtsein, eine gute Tat zu tun, einen alten Menschen vielleicht vor einer Lungenentzündung zu bewahren, fragte er nicht weiter nach. Er bot ihr an, das Unwetter bei einer Tasse Tee in seiner Wohnung abzuwarten.

„In welchem Stock wohnen Sie denn?", fragte die alte Dame, „ich kann ja keine drei Stockwerke hochsteigen."

„Hinterhof Parterre."

„Na, besser geht es gar nicht."

Er faßte sie unter dem Arm, fallsicher, von hinten, mit der Linken zog er den Rollkoffer. So schoben sie über den Bürgersteig.

„Sie haben einen Griff wie gelernt, junger Mann", sagte sie.

„Ich habe meinen Zivildienst im Altenheim gemacht."

„Bei uns waren Sie aber nicht."

„Ich war in Besteburg."

„Das kenne ich nicht."

„So eine Parterre-Wohnung wäre für mich genau das Richtige", sagte die alte Dame, als sie über den Hinterhof schlurften. „Aber in meinem Alter kriegt man ja keinen Mietvertrag mehr. Die schauen einen bloß an, die Vermieter, und denken: Friedhofsgemüse."

„Ja, es ist wirklich nicht leicht, heutzutage einen Mietvertrag zu bekommen", sagte Roman. „Meine Wohnung ist leider sehr dunkel, man muß immer das Licht anhaben."

„Na lieber dunkel als unerreichbar", antwortete sie.

Er schloß die schwere alte Hinterhaustür auf und drückte sie mit dem Rücken auf. Ein leicht muffiger Geruch und Kälte schlugen ihnen aus dem Hausflur entgegen.

In seiner Wohnung nahm er ihr den Regenschutz ab, sie bat, das Bad benutzen zu dürfen.

Er ging in die Küche, setzte Teewasser auf.

„Sie haben aber wenige Sachen", sagte sie, als sie das Wohnzimmer betrat. „Genau wie ich. Das Wichtigste paßt in meinen Koffer."

„Ich bin gerade erst eingezogen und ziehe viel um, da schafft man sich besser nicht viel an", sagte Roman.

Die alte Dame hatte ihre Haare gerichtet, die im Grau einen deutlichen Lilastich zeigten, sogar Lippenstift aufgelegt. Ihre Brille war randlos und besaß rote Bügel. Sie trug einen hellen Blazer, dazu einen schwarzen Rock. Romans Blick blieb jedoch an ihren Strümpfen hängen. Er traute seinen Augen nicht. Trug sie etwa Strümpfe mit Keith-Hearing-Motiven? Keith-Hearing-Bilder hatte er schon viele gesehen, Strümpfe mit Keith-Hearing-Motiven noch nie.

„Nehmen Sie doch bitte Platz!"

„Vielen Dank, Sie sind sehr freundlich, junger Mann. Nennen Sie mich doch einfach Charlotte."

Auch Roman stellte sich vor. Sie setzte sich auf sein schwarzes Ledersofa. Dabei zog sich ihr Rock etwas hoch, so daß weitere Zentimeter, bedeckt mit bunten Keith-Hearing-Figuren, sichtbar wurden.

Roman versuchte Charlottes Alter zu schätzen: Sie mochte irgendwo zwischen 75 und 85 sein.

„Ich habe einen Tee aufgesetzt", sagte Roman.

„Darf ich ehrlich sein? Seitdem ich aus dem letzten Altersheim ausgezogen bin, trinke ich keinen Tee mehr, damit haben sie uns dort regelrecht zugeschüttet. Wenn es nicht unverschämt ist, haben Sie nicht zufällig etwas mit mehr Pfiff im Haus?"

„Also, wenn Sie Alkohol meinen, da kann ich Ihnen höchstens Bier anbieten, aber es ist Starkbier."

„Macht nichts", sagte sie.

Roman holte eine Flasche aus dem Kühlschrank. „Leider ist es schon verfallen", sagte er, nachdem er auf das Datum geschaut hatte. „Das kann ich Ihnen nicht anbieten."

„Mir können Sie das ruhig anbieten. Mein Verfallsdatum ist auch schon eine Weile abgelaufen." Sie lachte.

Obwohl ihm nicht nach Bier war, trank Roman mit. Charlotte schien das Bier zu schmecken. Da er seit Mittag nichts gegessen hatte, spürte Roman die Wirkung des Alkohols deutlich. Sein Überraschungsgast schien dagegen unbeeindruckt. Roman, der spontan gehandelt hatte, als er der alten Dame auf der Straße seine Hilfe angeboten hatte, fing nun an, darüber nachzudenken, wie der Abend enden könnte. Sollte er sie nach Hause fahren oder ein Taxi rufen? Als hätte sie seine Gedanken gelesen, sagte sie:

„Sie müssen keine Angst haben, daß ich Ihnen hier länger zur Last falle. Wenn es aufhört zu regnen, mache ich mich gleich wieder auf den Weg."

„Wo wohnen Sie denn, vielleicht kann ich Sie zur nächsten U-Bahn bringen?"

„U-Bahn fahre ich schon lange nicht mehr. Wozu sich vorzeitig unter die Erde begeben? Ich war gerade auf dem Weg zu einem Hotel. Im Altenheim war es mir zu düster, da fällt mir die Decke auf den Kopf. Im Hotel hat man doch die Illusion, das Leben gehe weiter. Verstehen Sie, da ist man auf der Durchreise. Und Durchreise ist immer besser als Endstation."

„Ich verstehe", sagte Roman.

„Na sehen Sie! Darauf sollten wir anstoßen. Nie wieder Altenheim!"

„Nie wieder Altenheim", wiederholte Roman. Er spürte das Bier deutlich und fragte sich, was mit der alten Dame los war. Er hatte während seiner Zivildienstzeit nicht nur einen alten verwirrten Menschen wieder ins Altenheim zurückbringen müssen. Aber Charlotte wirkte keineswegs verwirrt. Auch der Alkohol schien keinerlei Wirkung zu hinterlassen.

„Was sagen denn Ihre Angehörigen dazu, daß Sie ab und an Ihr Altenheim verlassen?"

„Ich habe keine Angehörigen mehr. Ich bin die letzte meiner Art", sagte Charlotte. „Ich bin Jüdin. Wissen Sie, was das bedeutet?"

„Ja", sagte Roman, er fürchtete, was sie als nächstes sagen würde.

Doch genau das sagte sie nicht, sondern erzählte nun von einer langen Flucht, auf der sie sich seit ihrem zwanzigsten Lebensjahr befinde. Begonnen habe alles mit der Flucht vor den Nazis, dann aus verschiedenen Lagern, schließlich auf einem Schiff nach Mexiko, von dort aus in die USA.

Je länger Charlotte erzählte, desto müder wurde Roman. Er hätte ihr Stunden zuhören können, wenn er nicht noch die zweite Flasche Bier geholt hätte. Roman quälte sich schließlich damit ab, seine Augen offen zu halten. Charlotte hingegen hatte sich in Fahrt erzählt, sie war jetzt in den USA, in New York. Als Roman, der schon fast eingeschlafen war, das Wort Keith Hearing hörte, wurde er wieder hellwach.

„Keith Hearing? Meinen Sie den berühmten Pop-Künstler?"

„Ja, ich lernte Keith Hearing über einen alten jüdischen Freund kennen, der eine Galerie in Manhattan hatte. Es gab damals einen Shop, den Soho-Shop, in dem Keith Hearing seine Produkte verkaufte. Und so kam ich in den Besitz von handsignierten Keith-Hearing-Strümpfen."

Dabei hob Charlotte ihre Beine, so daß Roman sie genau betrachten konnte. Kein Zweifel, es waren die typischen Keith-Hearing-Figuren.

„Schade", fügte Charlotte hinzu, „daß ich nicht mehr davon zeigen kann. Die Gefahr ist zu groß."

„Welche Gefahr?", fragte Roman.

„Kunststudenten, Sammler, Kunsthaie, die sind doch alle scharf auf Keith Hearing. Hier in Berlin gibt es jede Menge Ganoven, die warten nur auf eine Gelegenheit, da heranzukommen."

„Glauben Sie wirklich?", fragte Roman und dachte, vielleicht ist sie doch verrückt und erzählt mir Geschichten. Allerdings klang alles, was sie sagte, interessant und eher wahrscheinlich. Und was mochte sie in ihrem Rollkoffer noch mit sich herumschleppen?

Als Charlotte berichtete, wie sie von New York nach Berlin gekommen war und zum ersten Mal über den Kudamm spazierte, konnte Roman seine Augen nicht mehr aufhalten. Es war peinlich, die alte Dame war in Hochform, er hatte völlig abgebaut. Er schaute auf die Uhr, es war halb zwölf, die Zeit war unbemerkt vergangen. Draußen pladderte der Regen noch immer gleichmäßig aufs Hofpflaster und auf die Mülltonnen und erzeugte seine eigentümliche Kakophonie.

Roman fühlte sich unfähig, jetzt noch irgendetwas für die alte Dame zu organisieren. Sie tat ihm leid. Außerdem würde er gerne noch mehr über die Geschichte mit den Keith-Hearing-Strümpfen hören. Er überlegte hin und her. Wenn sie bereit wäre, mit seiner Couch vorlieb zu nehmen, könnte sie bei ihm übernachten. Er schlug es vor, und sie sagte sofort zu.

Ja, das sei wohl besser bei dem Wetter, sie hätte auch vergessen, in welches Hotel sie gehen wollte. Sie hätte es sich besser aufschreiben sollen, schalt sie sich, in letzter Zeit würde sie vergeßlich.

„Wenn Sie eine Decke haben für mich, dann richte ich mir hier in dieser Ecke ein. Ich kann nämlich nur noch im Sitzen schlafen wie der große preußische König in seinen letzten Jahren."

Roman holte ihr eine Wolldecke und gab ihr ein Kissen

„Ich gehe noch kurz ins Bad, dann können Sie hier frei schalten und walten, wie Sie wollen, Charlotte. Gute Nacht!"

Er verabschiedete sich. Sein Kopf war schwer, er hätte das verfallene Bier nicht anrühren sollen. Er ging ins Bett, doch er schlief schlecht, wachte immer wieder auf, stand einmal auf, ging ins Bad, die Wohnzimmertür stand einen Spalt offen, er schaute hinein. Charlotte saß in der Couch-Ecke, in der sie den ganzen Abend gesessen hatte, die Beine lagen auf einem Sessel, ihr unteres Ende mit den Keith-Hearing-Strümpfen leuchtete im Strahl der Flurlampe. Das Kissen hatte sie sich hinter den Kopf geschoben. Sie saß sehr aufrecht und schien zu schlafen. Roman legte sich wieder hin. Die zweite Nachthälfte brachte ihm endlich den ersehnten Tiefschlaf.

Als er aufwachte und auf den Wecker schaute, erschrak er. Es war schon zehn Uhr. Die alte Dame!, dachte er. Er stand rasch auf, zog das Rollo hoch, es hatte aufgehört zu regnen, doch es war bedeckt und trüb, das schlechte Wetter hatte sich über Berlin festgesetzt.

Roman wusch sich flüchtig, verzichtete auf die Rasur und zog sich an. Dann ging er zum Wohnzimmer und trat leise ein. Die alte Dame saß noch immer in der Couchecke. Es war still. Er sprach sie an „Charlotte?" Nichts. Dann lauter: „Charlotte?" Keine Reaktion.

Als schwerhörig hatte er sie gestern nicht empfunden. Er ging ans Fenster, öffnete die Vorhänge und betrachtete sie genauer. Sie saß da, die Augen weit geöffnet.

„Charlotte?", fragte er noch einmal laut. Dann suchte er ihren Puls, doch er konnte ihn nicht finden. Roman überlegte. Für einen Notarzt war es wohl zu spät. Eigentlich müsste er die Polizei benachrichtigen, um alles Weitere zu regeln. Doch er fürchtete sich davor. Er ahnte die Fragen. Er dachte an das verfallene Bier. Am Ende würden sie ihn noch anklagen wegen Totschlag durch Lebensmittelvergiftung. Und dann war da noch die Sache mit den Keith-Hearing-Strümpfen.

„Ruhe bewahren!", sagte er laut zu sich. Er ging in die Küche und setzte Kaffeewasser auf. Wenn etwas dran war mit den Strümpfen, dann, ja dann ergab sich eine ganz andere Perspektive. Und wenn sie davon noch mehr im ihrem Rollkoffer hatte... Dann brauchte er sich vielleicht nicht mehr über Absagen zu ärgern. Er goß sich einen Kaffee ein und schmierte sich ein Brot. Die alte Dame war tot. Sie hatte, wenn es stimmte, keine Angehörigen mehr. Niemand hatte ihn mit ihr ins Haus gehen sehen. Niemand konnte wissen, was in seiner Wohnung passiert war. Er mußte und konnte sich Zeit lassen. Überstürztes Handeln wäre unklug.

Er trank seinen Kaffee und zwang sich, sein Brot langsam zu essen. Seine Hände zitterten. Wahrscheinlich würde ihm frische Luft guttun. Einfach durch die Straßen gehen. Den Kopf auslüften. Er trank den Kaffee aus und erhob sich. Als er schon halb aus der Wohnung war, ging er noch einmal zurück. Er schaute zur Wohnzimmertür, als könne die alte Dame plötzlich herauskommen Er blickte durch den Türspalt, dann zog er die Tür entschlossen zu und ging auf die Straße. Er fühlte, wie eine noch nie da gewesene Euphorie in ihm aufstieg. Ein verrückter Zufall hatte dafür gesorgt, daß in seiner Wohnung

Kunst von möglicherweise unschätzbarem Wert befand. Er konnte darüber verfügen. Er allein. Also brachte er auch niemanden um sein Erbe. Er mußte sich nur noch der Strümpfe bemächtigen. Es schauderte ihm bei dem Gedanken, der Toten die Strümpfe ausziehen zu müssen. Und was machte er dann mit der Leiche? Konnte er sie, ohne daß ihn jemand dabei beobachtete, aus seiner Wohnung schaffen? Roman lenkte seine Schritte in Richtung Spree, um auf den Uferweg zu gelangen. Es war kühl, er zog die Jacke zu, ihn fröstelte, aber nicht vor Kälte, sondern vor Glücksgefühlen. Er würde einige Zeit verstreichen lassen und seinen Schatz dann auf einer Kunstauktion anbieten. Dann würde er umziehen in eine bessere Wohnung, dann würde er reisen, dann...

Als er am Bahnhof Friedrichstraße ankam, setzte er sich in eine Bar, bestellte sich einen Espresso und dachte nach über die letzte Nacht, das, was die alte Dame ihm erzählt hatte. Es war schwer zu schätzen, was ein Paar solcher Kunststrümpfe wert war. Es konnten 10.000 oder 100.000 Euro sein. Keith Hearing war vergleichbar mit Andy Warhol. Und wenn es Imitate waren? Aber warum sollte die alte Dame sich so etwas ausdenken? Er nippte am Espresso und hatte eine Idee: Er würde sich einen Rollstuhl besorgen. Dann würde er die Leiche mit einem Seil auf dem Stuhl festbinden und ihr den Regenmantel anziehen. Er würde sie in den Tiergarten schieben und irgendwo stehen lassen.

Als er von der Uferpromenade in seine Straße einbog und auf den Bürgersteig wechselte, der zu seinem Haus führte, fuhr ihm der Schreck in die Glieder. Auf der Höhe seines Hauseingangs stand ein Krankenwagen-Kombi. Er sah aus wie der vom Abend zuvor. Sollte er lieber umdrehen und später wiederkommen? War die alte Dame am Ende doch nicht tot und hatte selbst einen Arzt alarmiert? Es hat keinen Zweck abzuhauen, dachte Roman. Außerdem hatte er nichts verbrochen, er hatte noch nicht einmal die Strümpfe an sich gebracht. Schließlich gab er sich einen Ruck, ging entschlossen zur Tür und über den Hof zu seiner Wohnung.

Er hatte erwartet, daß seine Wohnungstür offenstand, aber sie war geschlossen.

Was bist Du nur für ein Blödmann, schalt er sich, die sind zu jemand ganz anderem gegangen. Erleichtert atmete er auf, öffnete die Tür. Sie war nicht abgeschlossen. Wahrscheinlich hatte er in der Aufregung vergessen, den Schlüssel umzudrehen. Er trat ein. Als er sich umdrehte, um die Tür von innen zu verriegeln, spürte er einen Schlag auf den Kopf, dann wurde er niedergerissen. Im Fallen meinte er, eine Sanitäteruniform zu erkennen. Jemand kniete auf seinem Rücken. Als er schreien wollte, schob ihm jemand einen Knebel in den Mund. Jemand sagte undeutlich, als spreche er durch einen Stoff:

„Gib mir die Schnur. Wir fesseln ihn und legen ihn ins Bad."

„Besser wir knallen ihn ab, sonst hetzt er uns noch die Bullen auf den Hals", antwortete eine helle, aber ebenfalls gedämpfte Stimme.

„Quatsch", sagte der andere. „Wir schläfern ihn ein. Und die Alte lassen wir hier. Wenn er aufwacht, kann er den Bullen erklären, wie er sie umgebracht hat. Fast hätte er uns den Braten vor der Nase weggeschnappt. Ich hätte nicht gedacht, daß die halbe Welt hinter diesen Strümpfen her ist."

Roman hörte noch, wie seine Wohnungstür zuschlug, dann verlor er das Bewußtsein.

Malwines Traum

Malwine war seit vielen Jahren Witwe. Sie lebte allein. An die Einsamkeit hatte sie sich immer noch nicht gewöhnen können. Sie saß in ihrem Sessel am Küchenfenster und war eingenickt. Wie immer am Morgen hatte sie eingekauft und sich dann etwas gekocht. Samstags kochte sie immer für zwei Tage im voraus, und in der Küche hing jetzt noch der Geruch von Eisbein und Kraut. Wie sie nun so vor sich hindöste, vernahm sie ein Geräusch, ein metallisches Klack. Malwine schreckte hoch. Was war das? Sie konnte nichts sehen. Es war, als hätte jemand einen Topfdeckel kurz angehoben und gleich wieder fallengelassen. Malwine blickte zum Gasherd. Alles in Ordnung. Es war niemand im Raum. Dann mußte sie wohl geträumt haben. Beruhigt fielen ihr die Augen wieder zu.

Klack, da war es wieder. Malwine öffnete ein Augenlid. Nichts. Auf dem Herd standen ihre drei Töpfe mit dem Essen für morgen. Doch halt. Bewegte sich nicht der Deckel des großen grauen Emailletopfes?

Malwine öffnete nun auch das andere Augenlid und blickte so angestrengt zum Topf, daß ihre Augen zu tränen anfingen. Träumte sie oder war sie wach?

Malwine verspürte Herzklopfen. Gerade wollte sie aufstehen, klack, da klappte der Deckel des Topfes zu. Malwine sank zurück in den Sessel. Sie wußte also nicht, wie lange sie geschlafen hatte. In der Küche war es schummrig, nur die Straßenlaterne warf einen langen Lichtstrahl bis hin zum Herd. Sie schalt sich eine dumme Gans, daß sie sich vorhin von ihrem Emailletopf so hatte narren lassen. Hatte sie nicht gerade erst ein Eisbein darin zubereitet? Sie wollte weiterschlafen, aber sie konnte nicht anders, als noch einmal zum Herd zu schauen.

Der Deckel klaffte, und es zeigte sich etwas Rundes, Weißes mit einem schwarzen Fleck in der Mitte. Der Deckel hob sich weiter. Blickte sie da nicht etwas an? War das nicht sogar ein Auge? Malwine wollte schreien, doch es ertönte nur ein Vogelkrächzen. Ihr Herz raste, sie mußte nach Hilfe rufen und langte nach dem Fenstergriff. Doch der Griff, schon lose in seiner Fassung, brach ab. Sie klopfte an die Scheibe, stumpf hallte es zurück. Auf diese Weise konnte sie niemanden alarmieren. Malwine drehte sich zum Topf. Vor Aufregung begannen ihre Augen erneut zu tränen. Sie wischte sie mit dem Handrücken ab, doch es kamen immer neue Tränen nach. Dennoch konnte sie erkennen, daß der Deckel noch klaffte und das Auge sie anschaute, als wollte es sagen: „Du entkommst mir nicht!" Da fiel ihr das Telefon ein, das neben dem Fensterbrett auf dem schwarzen Nähkasten stand. Ohne das starrende Auge aus dem Blick zu lassen, schob sie sich auf den Rollen des Sessels zum Telefon. Sie nahm den Hörer ab. Kein Amtszeichen. Kalter Schweiß brach ihr aus. Malwine fühlte ihr Hemd auf dem Leib festkleben.

Endlich nahm Malwine all ihren Mut zusammen. Sie stemmte sich vorsichtig hoch und näherte sich langsam dem Herd. Sie schaute kurz zu ihrem Kruzifix an der Wand und rief: „Herr, steh mir bei!" Das

Auge blickte sie dabei unentwegt an. Als sie nur noch einen Meter entfernt war, machte sie einen entschlossenen Schritt vorwärts und legte sich mit ihrem ganzen Gewicht auf den Topfdeckel. Zu ihrem Entsetzen schien dieser sich jetzt zu heben. Sie verstärkte ihren Druck. Es nützte nichts. Der Widerstand war zu stark. Sie gab auf und fuhr zurück. Dabei verlor sie die Balance und stürzte. Einen Moment lang hatte sie den Topf aus dem Blick verloren. Doch was war das? Das Auge, ein dicker, schwabbeliger Ballon, war inzwischen über den Topfrand gequollen. Von Sekunde zu Sekunde schien es sich zu vergrößern. Malwine rutschte mühsam zur Tür. Von ihrer Stirn perlten Schweißtropfen. Vor Angst und Schmerz mußte sie weinen. Durch ihren Tränenschleier hindurch glaubte sie zu erkennen, daß das Auge noch weiterwuchs. Schepperte da nicht der Topfdeckel, plumpste das Auge nicht auf den Boden? Der Fall schien dem Auge keineswegs geschadet zu haben. Malwine glaubte sogar, ein Zwinkern zu erkennen, so, als wollte es sagen: „Du weißt noch gar nicht, was da auf dich zukommt!" Malwine hatte nun die Tür erreicht, doch sie besaß keine Kraft mehr aufzustehen. Das Auge wuchs so schnell, daß schon im nächsten Moment die Hälfte des Raums ausgefüllt war. Als sie die riesige Pupille ganz dicht vor sich sah, verlor sie das Bewußtsein.

Genau in dem Moment klopfte es an der Flurtür. Die Nachbarin hatte einen dumpfen Schlag über sich gehört und wollte nach dem Rechten sehen. Als Malwine auf das Klopfen hin nicht öffnete, schöpfte die

Nachbarin Verdacht. Da die Eingangstür offenstand, trat sie in den Flur.

„Malwine, sind Sie zu Hause?"

Keine Antwort. An der Küchentür klopfte sie noch einmal:

„Malwine?"

Stille. Als sie die Tür öffnen wollte, stieß sie gegen ein Hindernis, als stemme sich jemand von innen gegen die Tür. Durch einen Spalt konnte sie jedoch eine große dunkle Masse erkennen. Da fiel der Nachbarin ein, daß ihr Enkel bei der Feuerwehr war. Entschlossen lief sie zurück in ihre Wohnung und alarmierte den Bereitschaftsdienst.

Kurze Zeit darauf traf ein Rettungszug der Feuerwehr ein. Der Einsatzleiter entschied, durch das Fenster in die Küche einzusteigen.

Malwine lag ohnmächtig in einer großen, säuerlich riechenden Lache. Sie atmete flach, schlug aber schon nach kurzen Wiederbelebungsversuchen eines Feuerwehrmannes die Augen auf. Man trug sie in ihr Wohnzimmer und legte sie auf die Couch. Nach einer weiteren halben Stunde berichtete sie ihrer Nachbarin von dem Ereignis. Diese hörte mit offenem Munde zu. Als Malwine geendet hatte, sagte die Nachbarin:

„Das hätte aber leicht ins Auge gehen können."

Von dieser Zeit an kochten die beiden alten Frauen immer gemeinsam. Und sie benutzten ausschließlich Druckkochtöpfe.

Hertas Widerstand

„Versuchs noch einmal, Hertachen, nur noch zwei Handbreit höher, und du hast es geschafft!"

Trude stand immer hinter ihrer Freundin, bereit, sie festzuhalten, falls sie das Gleichgewicht verlieren sollte. Seit dem Überfall im kleinen Holbein-Park unweit ihres Hauses übte Herta einen Spezial-Selbstverteidigungs-Tritt. Das war für eine Dame ihres Alters eine echte Herausforderung.

„Wir sind schließlich kein Frühlingsgemüse mehr", pflegte Trude zu sagen, wenn Herta das Bein nicht hoch genug bekam oder ins Schwanken geriet. Und Trude war mit ihren 79 Jahren noch zwei Jahre älter als ihre Freundin.

Schon seit Wochen nun übte Herta im Schlafzimmer vor dem Spiegel ihren Tritt gegen eine Obstkiste. Diese stand senkrecht in sicherer Entfernung vom Spiegel. In der Mitte der Kistenoberkante war ein ausgedienter Badeschwamm befestigt. Die Höhe der Kiste entsprach in etwa der Länge eines durchschnittlichen männlichen Unterschenkels. Hertas Ziel war es, den Schwamm mit der Fußspitze zu treffen und damit die Kiste umzuwerfen. Herta war jetzt bei 38 Zentimetern Höhe angelangt, bis zur idealen Höhe von 50 Zentimetern fehlten nur noch zwölf. Doch diese zwölf Zentimeter hatten es in sich wie die letzten Meter bei einer Gipfelbesteigung. Aus Sicherheitsgründen übte Herta auch nicht mehr alleine.

Nachdem sie festgestellt hatte, daß sie schon auf Grund ihrer Röcke niemals einen Tritt in den männlichen Schritt schaffen würde, hatte sie sich mit ihrer Freundin Trude beraten, die in jüngeren Jahren einmal auf Anraten ihrer Tochter einen Selbstverteidigungskurs für Seniorinnen belegt hatte. Trude, wegen einer arthritischen Hüfte selber nicht mehr in der Lage zu akrobatischen Übungen, gefiel sich nun in der Rolle als Beraterin. Sie empfahl, auf den Tritt in den Schritt ganz zu verzichten, auch wenn dieser für Frauen noch immer Goldstandard sei beim Ausschalten von Angreifern. In ihrem Alter sei es besser, eine Etage tiefer zu gehen und sich mit einem Tritt gegen die Kniescheibe zu begnügen. Dieser, ausgeführt mit einem kräftigen Schuh, könne Wunder bewirken, vorausgesetzt, der Rock war nicht zu lang und nicht zu eng. Herta hatte diesen Rat ihrer Freundin ernst genommen, ihre Röcke um eine Handbreit gekürzt und geweitet und ihr Schuhwerk auf Eignung überprüft. Obwohl ihr Schuhschrank reich bestückt war, fand sie nichts, was sie für den angestrebten Zweck für geeignet hielt. Schließlich entschied sie sich für ein Paar braune Allwettertreter, die sich nach vorne leicht verjüngten. Für das gewisse Etwas in der Spitze zu sorgen, nämlich Härte und Schwere, würde sie ihren alten, erfahrenen Schuster zu Rate ziehen, der kurz vor der Geschäftsaufgabe stand und ihren Wunsch diskret behandeln würde.

Herta, Trude und die Dritte im Bunde, Hermine, kannten sich aus dem Mops-Club. Dieser hatte sich früher allmonatlich im Quasselwasser getroffen, einer Berliner Eck-Kneipe. Doch das Kneipensterben machte auch vor dem Quasselwasser nicht halt, der Mops-Club fand keinen anderen Clubraum, schließlich gingen Hertas und Trudes Möpse ein in die ewigen Mopsgründe. Nur Hermine besaß noch immer ihren halbblinden und übergewichtigen kohlschwarzen Mops mit dem Froschgesicht.

Sie trafen sich jetzt im Café Kruse, dem letzten ordentlichen Café seiner Art im Viertel, da waren sich die drei Freundinnen einig. Es lag am anderen Ende des Holbein-Parks. Es war ein Café mit halbhohen Gardinen in den Fenstern, ein Café, das mittags Bockwürstchen und eine Kartoffelsuppe, nachmittags Sahnetorten und Kaffee mit Kondensmilch servierte. Bevor sie nach Hause gingen, drehten die drei im Park noch eine Runde.

Doch gerade das war in letzter Zeit zum Problem geworden. Das ganze Viertel hatte sich verändert. Zuerst unbemerkt, doch dann mit Wucht. Die Drogenszene hatte sich breitgemacht. Junge Männer in Turnschuhen, Jeans und Lederjacken lungerten im Park herum, am U-Bahnhof, an Straßenecken, und man wußte nicht genau, was sie da machten.

Dem Polizeibericht, den Herta jeden Morgen in der Zeitung aufmerksam las, konnte sie entnehmen, daß es in der letzten Zeit vermehrt zu Überfällen auf Rentnerinnen gekommen war in ihrem Kiez. Früher schrieb man Viertel, auch die Wörter änderten sich. Wie sie bemerkt hatte, ereigneten sich diese zumeist erst nach Einbruch der Dämmerung oder in der

Nacht. Zeiten, zu denen sie zum Glück sicher zu Hause in ihrer Wohnung saß, in der sie bereits seit fünfzig Jahren lebte und aus der sie auch nicht mehr auszuziehen gedachte.

Während unter, neben und über ihr im Haus fleißig ein- und ausgezogen wurde, war sie als einzige immer wohnen geblieben.

Das Verschwinden schöner Gaststätten und Cafés schmerzte sie, die neu Zugezogenen waren jünger, viele von ihnen unterhielten sich in Sprachen, die sie nicht verstand. Zusammen mit Trude und Hermine waren sie die Letzten ihrer Art in ihrer Straße und saßen wie Segelschiffe, in deren Takelage es kräftig knackte, in ihren in die Jahre gekommenen, Museen gleichenden Wohnungen auf dem Trockenen.

Der Überfall auf Herta hatte sich am hellichten Tag ereignet. Wie immer nach ihrem nachmittäglichen Kaffeeklatsch war Herta durch den Park nach Hause gegangen. Dieses Mal alleine, weil Trude zum Friseur wollte und Hermine zur Massage. In der Hand trug Herta ihren selbstgenähten roten Einkaufsbeutel. In dessen Tiefe ruhte eine zweipfündige brandenburgische Kohlrübe, aus der sie ein leckeres Gemüse zuzubereiten gedachte.

Der Angreifer war von hinten gekommen, erst im letzten Moment hatte sie seine Schritte auf dem Kiesweg des Parks gehört. Er packte sie an der linken Schulter und hielt den Riemen ihrer Handtasche fest, doch Herta duckte sich, drehte sich, wand sich und merkte, wie durch die Drehungen ihre Tasche in der Hand mit der Rübe in Schwung geriet. Herta war zwar alt, aber sie war kompakt und beweglich, und so nutzte sie den Schwung ihrer Tasche mit der Kohlrübe, die durch ihre Drehung einen Effekt wie die Kugel einer Hammerwerferin bei der Leichtathletik erhielt. Was auch durch nachhaltiges Üben vermutlich nicht geklappt hätte, schaffte der Zufall mit Leichtigkeit. Die Tasche mit der Brandenburger Rübe aus eigenem Anbau landete im Handgemenge am Kopf des Räubers, der, von der kompakten Ackerfrucht getroffen, zusammensackte wie ein Boxer bei einem K. o.

Herta, in Angst, der Mann könnte sich rasch erholen, ergriff die Flucht mit ihrer Tasche. Ihrem Herzen und ihrer Lunge das Äußerste abverlangend, eilte sie durch den Park in die nächste Straße, wo sie einen Zeitungskiosk kannte. Außer Atem und mit wirren Haaren bat sie den Inhaber, die Polizei zu alarmieren, und sank dann auf dem Stuhl zusammen, den der Zeitungsladenbesitzer in weiser Voraussicht für seine älter werdende Kundschaft neben dem Tresen bereitgestellt hatte. Die nach gut zwanzig Minuten eintreffende Polizei konnte niemanden an der von Herta beschriebenen Stelle finden. Und Herta konnte keine brauchbare Personenbeschreibung abgeben. Woran sie sich erinnern konnte, waren der ätzende Schweißgeruch und die dunkle Pudelmütze des Täters. Die Beamten ließen sich die Kohlrübe zeigen, wendeten sie hin und her, schauten sich an, schüttelten den Kopf, befragten Herta, so daß sie das Gefühl bekam, sie glaubten ihr die Geschichte nicht. Zum

Schluß gaben sie Herta die Rübe zurück mit der Bemerkung, sie sei sicher noch zum Kochen verwendbar.

Die Polizei, das hatten die alten Damen bald begriffen, konnte sie nicht vor der zunehmenden Kriminalität schützen. Schlimmer noch, die Polizei im Allgemeinen, insbesondere aber in Gestalt ihres Kontaktbeamten, des Oberkommissars Koppelmann, fanden die alten Damen, war zu bedauern. Herta sah den korpulenten 50-jährigen Oberkommissar noch die Treppe zu ihr zu einem Kaffeebesuch in den vierten Stock heraufhumpeln, ein Pflaster über der Oberlippe, das Knie steif, krankgeschrieben und demoralisiert. Halbstarke hatten ihn, als er eine Personenkontrolle vornehmen wollte, vor der Sparkasse gleich um die Ecke einfach zusammengeschlagen. Während Herta den Kaffee aus der Küche holte, rückten Hermine und Trude einen Sessel für Herrn Koppelmann zurecht, so dass dieser sein Bein ausstrecken konnte. Trude, die angesichts des jämmerlichen Anblicks ihres Kontaktbeamten sich nicht halten konnte, sagte: „Warum ham Se die denn nich einfach erschossen?"

„Dazu kam ich nicht", sagte Herr Koppelmann. „Auch darf man nicht so einfach jemanden erschießen."

„Siehste, Herta, das ist die neue Justiz", meldete sich Hermine zu Wort. Und Herr Koppelmann hatte alle Mühe, die drei alten Damen, die zumindest verbal zum Lynchen neigten, die Situation aus der Sicht eines Polizisten darzulegen. Herr Koppelmann, auf das Drogenproblem im Viertel angesprochen, konnte den Damen keine Hoffnung machen. Er erklärte ihnen, daß die Drogenszene sich jetzt hierher verzogen hätte, weil der Verfolgungsdruck durch die Behörden im Nachbarkiez zu stark geworden sei. Auf Hertas Frage, warum man dann nicht genau wie nebenan den Verfolgungsdruck im Holbein-Park erhöhen könne, sagte Herr Koppelmann resigniert:

„Hier gibt es keine entschlossenen Bürger, die sich wehren, Leute mit Geld und Einfluß."

„Dann müssen wir wohl selber Widerstand leisten", sagte Herta. „Das bin ich meinem verstorbenen Mann schuldig, der gegen die Nazis gekämpft hat", dabei schaute sie auf das verblichene Foto ihres Mannes im silbernen Rahmen neben dem wuchtigen Eichenbuffet.

Herr Koppelmann verstummte, sei es, daß ihn seine Oberlippe beim Versuch zu lächeln schmerzte, sei es, daß es ihm die Sprache verschlagen hatte. Er blieb auch nicht lange, trank, anders als sonst, nur eine Tasse Kaffee und verwies auf seine Schmerzen.

Als er sich mühsam aus dem Sessel erhob, sagte Herta:

„Wir können aber Herrn Koppelmann nicht alleine gehen lassen. Wir begleiten ihn nach Hause, nicht wahr, Trudchen? Der Gute leidet bestimmt unter einem Angstdrama."

„Du meinst sicher Angsttrauma, Herta", wurde sie von Trude korrigiert, die sich mit Fremdwörtern auskannte. Schließlich war sie jahrelang Chefsekretärin in der Charité gewesen und hatte Professorenbriefe korrigiert.

Doch Herr Koppelmann lehnte die Begleitung energisch ab. Er war zwar demoralisiert, aber sich von drei alten Frauen nach Hause bringen zu lassen, das ging zu weit.

Auf ihren ersten gemeinsamen Auftritt im Park mit Hertas Spezialschuhen und dem eingeübten Tritt hatten sich die drei Freundinnen im Café Kruse gut vorbereitet. Nach ausgiebigem Kaffeegenuß, Eierlikör- und Schwarzwäldertorte stießen sie noch mit Sekt an auf das Unternehmen Widerstand und schlossen mit einem Cognäckchen zur definitiven Stärkung für den Heimweg ab. Die Bedienung hinter dem Tresen, die eingeweiht war, wünschte ihnen alles Gute.

Dann brachen sie auf, es war ein schöner Oktobernachmittag und noch nicht dunkel. Der Holbein-Park wirkte verlassen, die Parkbänke waren verwaist. Das Rentnerinnen-Trio nahm, ohne Kenntnis zu haben von historischen Truppenaufmärschen, instinktiv die Formation des römischen Eberrüssels an, der Standardformation der Fußtruppen des römischen Reiches. Das heißt, Herta in der Mitte ging einen Schritt voraus, flankiert von den jeweils an der Seite ihren Rollator schiebenden Freundinnen Hermine und Trude. Vorne weg lief an langer Leine Hermines Mops. Normalerweise gingen weder Trude noch Hermine mit ihrem Rollator, weil es ihnen peinlich war, aber zum Auftakt ihrer Parkquerung hatten sie sich für die Rollatoren entschieden. In den Ablageflächen lagen Selbstverteidigungssachen, wie sie das nannten. Trude hatte eine bewährte Kohlrübe in einer Stofftasche verborgen, für alle Fälle. Auf Hermines Rollator lag eine Tüte Mehl, mit dem sie etwaige Angreifer blenden und stigmatisieren würde, so daß die Polizei sie leichter fangen könnte. Nein, sie waren zwar alle alt, doch keineswegs auf den Kopf gefallen.

Die drei Freundinnen gingen, durch den Alkohol gelöst und sich laut unterhaltend, mit Sprüchen durch den Park wie: „Kopf hoch, auch wenn der Hals dreckig ist", und: „Gegen Dummheit ist kein Kraut gewachsen, aber gegen uns auch nicht."

Niemand belästigte sie. So aufmerksam sie ins Gebüsch und auf die Bäume schauten, kein Mensch war zu sehen.

„Die haben Schiß", sagte Herta. „Die riechen, daß sie gegen uns in dieser Besetzung keine Schnitte machen."

Nur einmal gingen sie in Stellung, als ihnen ein Radfahrer entgegenkam. Doch Herta, die gute Augen hatte, gab Entwarnung:

„Das ist der von der Fahrradwerkstatt, der testet manchmal hier seine Räder."

Der Radfahrer, als er die drei alten Damen mit ihren Rollatoren mitten auf dem Weg erblickte, ein unüberwindliches Bollwerk darstellend, sah sie interessiert und zugleich erstaunt an, sagte sogar „Hallo", umkurvte sie dann elegant, indem er auf den Rasen auswich, blickte sich noch einmal um, als wolle er sich des außergewöhnlichen Weghindernisses versichern, und verschwand aus ihren Blicken.

„Kanntest du den denn?", fragte Hermine.

„Kennen ist übertrieben, aber manchmal grüßt er, wenn ich an seinem Laden vorbeigehe. Ich habe mal die Handbremse an meinem Rollator von ihm reparieren lassen."

Weiter begegnete ihnen niemand. Fast ein wenig enttäuscht, aber doch erleichtert, daß ihr erster Widerstandsversuch so glatt verlaufen war, trennten sie sich. Herta brachte zuerst Hermine nach Hause, dann lieferte sie Trude an ihrer Haustür ab und wartete, bis diese die Tür von innen geschlossen hatte. Danach machte Herta sich allein auf den Heimweg.

Kurz vor der Sparkasse, an der Ecke, wo der Kontaktbeamte zusammengeschlagen worden war, kam ihr ein junger Mann entgegen. Junge Männer in dieser Gegend waren Herta grundsätzlich suspekt. Dieser trug eine Kapuze, kam direkt auf sie zu und fragte sie nach Zigaretten. Das kennen wir, dachte Herta, auf den Trick falle ich nicht herein.

Als er in die Reichweite ihres Beins kam, holte sie aus zu dem Tritt, den sie seit Wochen geübt hatte: Hertas Schuhspitze landete an der Kniescheibe mit dem gleichen Effekt, den der Schlag eines Nothammers an einer Glasscheibe hat. Der junge Mann schrie auf wie von Sinnen, stürzte und blieb, sich das Knie haltend und laut Hilfe schreiend, auf dem Gehweg liegen. Der alte Schuster hatte Hertas Schuh mit einer metallenen Schutzkappe und ein paar Gramm Blei in der Spitze bestens präpariert.

Die von Passanten herbeigerufene Polizei, die den Fall aufnahm, stellte fest, daß die Täterin 76 Jahre alt war, 1,2 Promille im Blut hatte, nicht vorbestraft war und einen festen Wohnsitz besaß. Man entließ sie nach Hause und sagte ihr, sie müsse mit einer Anklage wegen Körperverletzung rechnen. Da sie nicht vorbestraft war, würde sie wahrscheinlich die Strafe zur Bewährung bekommen.

„Jetzt erst recht", sagte Herta, als man sie auf der Polizeiwache entließ. Die Polizisten schauten kopfschüttelnd hinter ihr her. Und einer von ihnen sagte: „Da haben wir ja ein ganz neues Täterprofil."

„Du meinst Täterinnenprofil", korrigierte ihn sein junger Kollege und schaute auf einem Bildschirm der alten Frau hinterher, bis sie um die nächste Ecke verschwunden war.

Bereits veröffentlichte Storys:

Anekdote vom Strand, erschienen in: Spanien wie es nicht im Reiseführer steht, Monsenstein & Vannerdat, 2004

Augenblicke, veröffentlicht 2014 unter: http://www.waldorfastoriaberlin.com/Restaurants-Lounges/Romanisches-Cafe

Rauslassen, erschienen in: Rauslassen, Rad ab, Ver-Einigung & andere Satiren, Gauke Verlag, 1991

Goldene Strümpfe, erschienen in: Ran an'n Sarg und mitjeweent, Eulenspiegel Verlag, 2010

Was in unserer kleinen Straße los ist, erschienen in: Die schönsten Berliner Zehn-Minuten-Geschichten, Jaron Verlag, 2011

Die Bärenfalle, erschienen in: Berliner Zehn-Minuten-Geschichten, Jaron Verlag, 2006

Der grüne Mensch von Kassel, erschienen unter "Schamanenritual inklusive" in: Planet Kassel, Verlag Wortwechsel, 2012

Der Zauberberg von Tempelhof, in: Die schrägsten Berliner Zehn-Minuten-Geschichten, Jaron Verlag, 2013

Helene, erschienen unter "Die fromme Helene" in: Handbuch fürs Krankenhaus, Rake Verlag, 2003

Zeitfracht Medien GmbH
Ferdinand-Jühlke-Straße 7
99095 Erfurt, Deutschland
produktsicherheit@kolibri360.de